Oscuros **varones** de Cuba

Lizandro Arbolay

Oscuros varones de Cuba
© Lizandro Arbolay, 2017

Armada Editorial
CP 67074 Lemoyne
Saint-Lambert, QC J4R 2T8
Diseño de cubierta: Adriel Hernández
Dibujo y fotografía: Martine Galarneau

ISBN: 978-1-7750276-0-7
ISBN: 978-1-7750276-1-4 (digital)

A Martine, embajadora extraordinaria y plenipotenciaria
del corazón

Otrosí, despuesto todo odio e afiçión de personas, haremos memoria de aquellos que por sus virtuosos trabajos mereçieron aver loable fama, de la qual es razón que gozen sus desçendientes. Asimismo de algunos que, vençidos de los pungimientos de cobdiçia, inbidia e de otros algunos pecados, herraron a lo que devian; porque se vea por esperiençia e sea enxenplo a los binientes el galardón que aun acá en esta vida dan los viçios y pecados a los que dellos se dexan vençer.

Hernando del Pulgar

I Apariencia del espejo

Poco le había contrariado la noticia del secuestro. No era el primero y no sería el último. Los blancos terminaban componiéndose entre ellos. Algo parecía, sin embargo, distinto esta vez. Iba y venía el alcalde Ramos con las venas marcadas y los cabellos revueltos, haciendo leva por los hatos comarcanos.

—Venganza al agravio, —clamaba agitado— castigo al herético agresor. Son sin duda el mismo escuadrón de sodomitas calvinistas y luteranos que incendió la iglesia el año pasado. Solo en conjura gálica contra natura donde cupo este sacrílego y abominable delito puede darse el desgarro de prender a nuestro santo pastor por el afán de un rescate.

Si bien la gente prestaba oídos, asentía y mascullaba maldiciones contra la Francia y todos sus hijos, la mayoría parecía más resuelta a donar cueros que a comprometer el pellejo. Voces prudentes señalaron el incierto triunfo de una partida frente a tripulación dizque superior en número, armas y experiencia, la posible represalia que sufriría el Oriente de Fernandina a manos de la hermandad filibustera de la costa, y el seguro peligro que correrían el obispo y los canónigos en la refriega. ¿A qué pelear, si ya habían reunido más de mil cueros, unas sesenta cargas de casabe, algún tocino y doscientos escudos? Ni siquiera el jefe militar de la villa, el capitán Treviño, osaba enfrentar a los corsarios. Parecía el alcalde a punto de reventar en canaria indignación frente tan sensatas razones cuando intervino Jácome el milanés, en realidad un florentino asentado en Bayamo, que abrazaba su alabarda en el costado.

Hispano *jure uxoris* por desposorio con Juana Ponce de Guevara, criollo en virtud de las siete criaturas engendradas entrambos en la isla, el italiano había ganado una fama de hombre a escuchar que llegaba hasta los tres Santiagos. Contábase que había militado, de mozalbete aún, bajo la bandera del testarudo saboyano en San Quintín, que leía y escribía como un licenciado salmantino, que peleaba como un alférez de tercio viejo y que bebía como un monje templario.

—Vecinos, —proclamó con suave cadencia a la sombra esbelta del arma— bien sabéis que no es el mío ánimo malquistar voluntades pues incluso el mayor pecador, sin embargo di sus faltas, siempre encontrará perdón en el juicio del Señor al arrepentirse y venerarlo. Con todo, di necesidad inmediata es castigar tantísima alevosía di la francesa chusma pues viene di antaño y amenaza con ir a mayores.

Recordó entonces las numerosas prevaricaciones del narigudo monarca François I, aliado del mismísimo Gran Turco, que desafiando las bulas del santísimo Alessandro Sexto había enviado uno tras otro a Verrazzano, Ornesan, Cartier y Roberval a explorar América y así despojar a los españoles del donativo continental pontificio. Y no se conformaban con el pedazo de tierra helada que a orillas del río San Lorenzo llamaban Canadá. Querían Caribe.

Subiendo el tono evocó el intento de colonización en la Florida del hugonote Jean Ribault, malogrado por la gracia de Dios, con el huracán que hundió sus navíos, y de su siervo Felipe II, quien envió al adelantado de Avilés a darles a escoger entre soga y cuchillo. Y ahora, sin temor de Dios se atrevían a maltratar al prelado de la diócesis cubana. Si no encontraban escarmiento hoy, ¿qué vendría mañana?

—Estupro y herejía. Violadas nuestras hijas, quemadas nuestras casas, robadas nuestras posesiones. Peligran la fe y la propiedad, vecinos, peligran la virtù y la hacienda.

Al declamar las advertencias finales habíase arrancado bruscamente la montera de paño azul, desparramando la mata de cabellos encanecidos por los hombros. La hoja de hacha resplandecía a contraluz en lo alto del asta, reforzando atávica la solución de violencia. Se recibieron los efectos y las palabras con distintos humores; aquel con los ojos cerrados de quien desatiende una tediosa monserga, este con la nariz apuntando a tierra y los puños apretados, el otro con labios afanosos de sangre.

Flotaba entre la pequeña congregación una cuestión irresuelta que el portugués Herrera se atrevió a encallar. Una cosa era el comercio a hurtadillas con los extranjeros, secreto a voces que Su Majestad conocía y condonaba. Otra cosa muy distinta era el denuesto a la Iglesia en la persona del dominico, noticia que sustentaría las protestas combinadas de la Real Audiencia de Santo Domingo y del Santo Oficio de la Nueva España (*In nomine Patris et Filii*, persignáronse unos) motivando acaso la intervención del Real Consejo de Indias. El maldito Gilbert Giraud habíase equivocado; en lugar de aprehender a Suárez de Poago, el teniente gobernador enviado al Oriente a sofocar el contrabando, había capturado al obispo Cabezas Altamirano, **varón** cristiano y comprensivo. Interesaba a la prosperidad, tanto como al honor, disciplinar pronto y por insulanos medios a los sayones, no menos por traidores a las divinas leyes que a las venerables reglas del comercio.

Con los ojos abiertos a tales asuntos empezó a juntarse la improvisada tropa. Pidiose al escribano público levantar Acta, anotando a los valientes y sus armas en un inventario encabezado por Gregorio Ramos y su espada ropera al cinto. De palabras a hechos, siguiéronle Jácome Milanés, de alabardero, y Miguel de Herrera, con arcabuz, horquilla y doce apóstoles en bandolera. Vinieron luego Gonzalo de Lagos, yerno del temido Vasco Porcallo que navegara con De Soto, Narváez y Cabeza de Vaca, empuñando gruesa pica de punta enastada, y Martín García con un chuzo que valía por cincuenta, moharra tan puntiaguda que de aguja de zurcir serviría.

Sorprendió el nombre de Gaspar Mejía, quien regresando a las minas de Santiago del Prado habíase topado con el brioso Ramos, y de puro transporte lo siguió a ver qué sucedía. Posando de hombre, el mocito se ofreció con gran alfanje, uno de esos antiguos que llaman terciado por faltarle contrafilo hasta el último tercio. Para no ser menos el escribano asentó su nombre inspirado, Juan Guerra, hijo del Tomás notario del Cabildo. Portaba en la faja un puñal curvo de monte con pomo sobredorado, al muslo reposaba una partesana con damasquinados de bronce y regatón macizo cuyo filo ondulaba al compás de las letras.

Protegidos del olvido quedaron los tocayos Gaspar de los Reyes en cota de malla milanesa y Gaspar Rodríguez, tan fornido de cuerpo que lucía flaco en armadura el otro. Registrado quedó Diego Mejía junto a su pariente Baltazar de Lorenzana con sendas puntas. Colérico por naturaleza, Pedro de Bergara avanzó pegando golpes en el suelo con una aguijada más peligrosa que dos cuchillos. Sucedieron, apegados de codos, los amigos inseparables, Bartolomé Rodríguez, el barcelonés esgrimiendo espada y broquel de combate, y el bayamés Miguel Baptista con una hachuela bastarda de talar.

No fueron menos devotos con dardo y cuchillo los fieles de la Virgen de la Candelaria, los hermanos Antonio y Hernando de Tamayo, hijos legítimos del Rodrigo que conquistó y repobló la tierra con Velázquez. Murmullos trajo el machete del mulato Miguel, esclavo de confianza del provisor habanero que rondaba Yara en negocios del amo. El escribano levantó la vista pidiendo confirmación y el alcalde asintió solemne, fijando con el gesto una ley que aceptaron sin disputa dada la necesidad de brazos.

Inscribiéronse Juan Merchán y Gaspar de Araujo con afilados aperos de labranza. Otro par de machetes aportaron los canarios Palacios y Medina, y otra punta el criollo Juan Gómez.

Rodrigo Martín contó el vigésimo segundo. No era un taíno triste y agobiado de Guanabacoa sino un naborí gallardo de Baracoa, bautizado de párvulo en los brazos del padre europeo y listo a luchar con una lanza cebada en sangre de abuelos americanos. Melchor Pérez cerró la lista de nombres con la última punta, pues nadie preguntó a los esclavos cómo los llamaban. "Y los cuatro etíopes de Don Ramos", anotó el escribano, "con rejones y machetes". Eran los sobrevivientes de veinte negros concedidos por S.M. para conllevar al reparo y a la guardia del puerto santiaguero. El Cabildo habíalos pronunciado muertos a todos, vendiéndose a sí mismo los cuerpos en buena salud por unos maravedíes. Al enterarse, Suárez había declarado nula la compraventa, y ahora constaban al servicio de Bayamo y de su alcalde, en espera de nuevo destino.

Ramos despachó primero al esclavo más pollito, un conguito lampiño todavía, con mulo y bulto del rescate a servir de carnada en la marina. Minutos más tarde marchó la partida completa a emboscarse y esperar paciente por los pejes, que tardarían en reconocer las voces y las señas del chiquillo. Los hombres se acomodaron tras la arboleda de caguairanes y cedros playeros, alternando la vista entre el negrito y el navío.

Pies siempre desnudos, torso por ventura pétreo y ojos jamás tranquilos los del esclavo más recio del cuarteto, que contemplaba las olas ensimismado en pensamientos de negro peligro y negra cercanía de la muerte. De negro mirar el negro óxido del hierro. De negro y negra, negro y negro. De pasado negro barnizado de odio negro. De negro más negro por criollo, sin consuelo de mandinga, etíope o guineo. De negro tendría que serlo, negro habría de estarlo.

Apenas escuchó los rezos, Padrenuestros y Avemarías mascullados con rodillas empotradas en arena, mientras los bucaneros tiraban un batel y remaban a tierra, ni el *¡Santiago y cierra, España!* que rugió el alcalde cuando desembarcaron. Tampoco oyó el *Montjoie, Saint-Denis!* que los otros replicaron ni los estruendos de pólvora estallando lejos y cerca. Ningún sonido afectó la contemplación pues solo tenía oídos para los latidos que retumbaban el pecho. Una sacudida devolviole el sentido y arremetió el silencio con esfuerzo.

Recuperándose pronto de la sorpresa, los recién llegados se plantaron al cara o cruz de la pelea con una ferocidad que amilanó a muchos. Dos veces disparó Herrera antes de caer rodeado por tropel ansioso de silenciar el arcabuz. Amorosa acogió la Virgen al mayor de los Tamayo, quien apenas tuvo tiempo para despedirse del hermano con la sonrisa triste de los degollados repujada en el gaznate. En zócalo de cuerpos sangrientos vendió el indio Martín cara la vida, rindiendo el alma antes que la lanza, pues mientras más uno cose, más se descose y los franceses tan vestidos morían. Al menos una docena habría caído cuando Giraud empezó a retroceder con mayor estratagema que temor. Batiéndose en retirada hacia la chalupa perdió otros dos hombres, ganó una puñalada en el hombro y fue en vano, pues la encontró haciendo agua. El conguito de marras les había horadado el escape en la distracción de la pelea. Nada quedaba sino arengar a la tripulación, y arremeter en un contraataque desesperado.

—*Mes amis*, —exclamó Giraud— *joignez les îliens et que chacun serre de près son ennemi. Tout ce que je puis faire, c'est de vous donner l'exemple sans m'épargner.*

Y embiste heleno, pugnando por enfrentar al cabecilla enemigo con esperanza de zanjar la refriega en combate singular que salve la jornada. Reconoce a Ramos, herido en la diestra, y de un tranco lo reta de frente. Abren un pequeño ruedo para los superiores y comienza el duelo entre el alcalde que sujeta la ropera a zurdas, y el capitán que mide el terreno con la boca entreabierta.

Doblega al canario en un par de frases de armas y ya dispónese a rematarlo cuando el negro recio interpónese, sabrá Dios por qué, y detiene el hurgón con el machete en cuarta natural. El *capitaine* busca al derredor juez imparcial que acaso condene la transgresión, pero nadie tiene ocasión o ganas de intervenir. Contempla por un instante al nuevo rival, grosero y poderoso, y recuerda el versículo del etíope y el leopardo que no podían reconocer el Bien por nacer y vivir acostumbrados al Mal. Mas no queda tiempo para jeremiadas. Rompen la distancia, amaga el negro un tajo a la cabeza y al levantar la guardia, recibe el blanco una lanza izada en pleno pecho.

—*C´est pas juste* —reprocha el cuerpo dejando escapar el alma por la herida.

No hay vítores ni aplausos. Entre el silencio azorado repican las armas francesas al caer. La gente del mar se rinde sin proferir palabra, esperando achicada la escena final de la tragedia. Los de tierra aguardan la reacción de Ramos, quien sopesa dudoso el dilema de castigar al negro por ofenderle el honor, o de premiarlo por salvarle la vida.

—¡Que viva el Rey! —grita de pronto el alcalde— ¡Que viva España!

En vivas retumban los nuestros. Alguien le cercena el cuello al difunto y clava la cabeza en punta de lanza como estandarte. Entre exclamaciones y risotadas preparan el regreso triunfal a la villa. En alegre tropel, estos entierran muertos y reconfortan heridos; aquellos recobran el botín y atan los prisioneros. Y parte la procesión larga y festiva como un poema, cada quien extremando el protagonismo al referir la batalla, barajando los sucesos en líneas rimadas de vencedores y vencidos. Al final quedan Juan Guerra y el anónimo negro, uno vislumbrando la corónica de triunfo tan señalado, el otro acechando los tocinos del rescate que cargan unas octavas adelante.

—¿Cómo te llaman? —indaga el primero igualando los pasos.

—Gholomo, señor escribano, como mi padre.

Reflexiona unos instantes el blanco, repasando mudo el santoral y los hechos.

—Golomón no es mote de cristianos. Has de trocarlo si quieres dejar instruida a la posteridad de tus acciones. Salvador, sí, en lo adelante te llamarán Salvador —declara palmeándole la sufrida espalda.

—Como diga el señor escribano —suspira Salvador y traga saliva.

Y siguen caminado juntos hacia Bayamo, escoltados por las sombras tímidas del mediodía casi verdadero.

II La pelea contra los demonios

Relata el obispo Morell (cadáver la madrugada del Rey David de 1768, en olor de santidad y no de criptojudaísmo como aseveran sus detractores) que tras donar dos copones dorados, relicario y crismera de plata a la iglesia auxiliar de Sancti Spíritus, tomó derrota hacia la Villa de San Juan de los Remedios, escenario de la tremenda contienda librada por el padre Joseph González de la Cruz contra los Malos Spíritus.[1]

La pelea ocurrió en tiempos remotos, mucho antes del nacimiento de Morell, cuando la gracia del Espíritu Santo no había fecundado cabalmente la isla, y las maldiciones caribes aún flameaban el aire aupadas por ritos africanos practicados por ocasión primera en la orilla poniente del Océano. Cuanto sabemos del incidente lo debemos al celo investigador del buen obispo, quien registrando archivos parroquiales en Remedios desenterró un fárrago de papeles borrosos que iba de flemáticas actas legales a trastornadas deposiciones de testigos. Auxiliado por la vigilia, estorbado por los escalofríos, Morell ordenó y transcribió los papeles hasta concertar un grueso volumen que encuadernó en piel negra. A víspera de morir en La Habana, encargó el legajo a su fiel mayordomo.

Ganado por la curiosidad, el legatario desdeñó a medias las instrucciones y copió parte del manuscrito antes

---

[1] Pedro Agustín Morell de Santa Cruz, *La visita eclesiástica.* p. 50.

de peregrinar a Roma y entregarlo al Cardenal Albani, el discreto bibliotecario del *Archivum Secretum Vaticanum*. A partir de esa copia incompleta y clandestina conocemos parcialmente los hechos, aunque Fernando Ortiz sostiene la interesante teoría de que el mayordomo copiase el texto a expresa instancia del amo.[2]

Según Ortiz, la verdadera desobediencia del anónimo criado habría sido no copiarlo completo. Pero esas son especulaciones del antropólogo habanero. A ciencia cierta se sabe tan poco de los íntimos deseos del obispo como de los auténticos sucesos de Remedios. Yo que he leído cuanto hay escrito de bueno y de malo sobre el incidente, exceptuando el expediente secreto en la Biblioteca Apostólica, me siento obligada a revelar el pasaje que me contó mi bisabuela materna, que en gloria esté, quien lo escuchó

---

[2] Por entonces, sugiere Ortiz, existir en el recuerdo se había convertido en consuelo común de moribundos, incluso de aquellos tan devotos como el obispo Morell. Angustiado por el olvido, el santo **varón** habría encargado el duplicado para preservar su nombre en la memoria de los hombres. En contraste, en tiempos del padre González la manera más juiciosa de concebir la inmortalidad era la salvación del alma. La vida eterna del cuerpo, de preferencia en juventud y salud, era un paganismo de tratados mitológicos, una broma de historiadores antiguos y un delirio de conquistadores afiebrados. Hasta la repetida inmortalidad del cangrejo se desdeñaba al asociarse con la falta de conciencia de sí mismo. Poquito a poco, especula Ortiz con su habitual mixtura de erudición y coloquialismo, los heterodoxos deslizaron otro enfoque: la clave no estaba en la perpetuidad de la esencia o de la existencia del ser sino en la subsistencia del nombre; es decir, el cangrejo se inmortalizaba al mentarse tanto. Huelga decir que sus rivales ortodoxos empezaban acusándolos de bestias sofistas y terminaban ejemplificando con la imperecedera memoria del excelentísimo señor Fulano de Tal, declamada en oraciones y exequias funerales olvidadas al día siguiente. En Fernando Ortiz, *Historia de una pelea cubana contra los demonios*, p. 959-71.

de su propia abuela, a quien no conocí. Sin rebozo, no me interesa persuadir a incrédulos y agnósticos posmodernos del mundo entero, sino dejarlo asentado en papel para que no se pierda conmigo, que no tengo ni tendré nietas ni bisnietas a quienes contarlo.

÷

Los orígenes del Mal en Remedios se remontan a su refundación hispana por el adelantado V. Porcallo, quien arrancaba los compañones de indios insumisos y los servía guisados a indias intimidadas con la amenaza de sepultar vivos a sus inditos inocuos. No todos los enterrados en el cementerio de Carahate estaban muertos —susurraba la bisabuela a la luz oscilante del quinqué. Por eso abundan en el pueblo las historias de estantiguas quejumbrosas que peregrinan en pena, de sapos jayanes ocultos en tenebrosas cuevas, de jinetes decapitados que exigen justicia; de ánimas solas rogando plegarias; ninguna tan singular como la pelea del padre González y sus aliados contra la avanzada del Lucero.

Las hostilidades rompieron un mediodía caluroso de julio. Cuando la canícula domina el firmamento, la brisa del norte se agota cruzando los cayos, y el sol calienta tanto la superficie de la tierra, los demonios se sienten a gusto en ella. El poseso fue Juancito, un vejigo travieso de seis años que interrumpió la siesta del vecindario con un grito que puso los pelos de punta a quien lo oyó. Acto seguido rompió a monologar en una jerigonza ininteligible que no interrumpieron los rezos de Margarita, la madre, ni la bofetada de Alfonso, el padre. Corrieron con él a la parroquia y el padre González se persignó al reconocer la marca del enemigo malo.

—*Quis es tu* —preguntó por ir al seguro al reconocer latines en la retahíla.

La réplica brotó en ecos de vozarrón.

—*Ego sum filius Deus primogenitus,* —y tras modular a un falsete burlón— *Dinanzi a me non fuor cose create se non etterne, e io etterno duro.*[3]

Con razón el padre González se acobardó al escuchar la respuesta, porque la plebe infernal carece de potencia suficiente para completar la posesión del cuerpo bautizado. Los demonios menores pueden adentrarse en la mente para infligir angustia, ansiedad, melancolía y pensamientos malos. En algunos casos, traspasan el umbral del alma y provocan tics oculares, calambres, agarrotamientos y hasta epilepsia. Pero el sello sacramental les impide ir más lejos. Aquí había una pujanza que no contenían el agua y el crisma. Este debía ser uno de los señores del infierno, uno de los setenta y dos demonios mayores de La Llave Menor de Salomón.

Reponiéndose de la impresión, el padre González esgrimió el crucifijo y tronó la fórmula benedictina siempre recomendable en estos casos: *Crux sacra sit mihi lux, Non draco sit mihi dux, Vade retro satana, Numquam suade mihi vana.* Una carcajada obscena lo cortó y el energúmeno completó la oración serpenteando la lengua: *Sunt mala quae libas, Ipse venena bibas.*[4] Fue entonces cuando el padre comprendió que la situación era peor que sus peores sospechas. Este no era un engendro mayor cualquiera, pues ni siquiera los demonios cerrajeros podían resistir el Vade Retro con tal descaro.

---

[3] Primero, la cita incorrecta en latín: «Soy el hijo primogénito de Dios». Luego: «Antes de mí nada hubo, a excepción de lo eterno, y yo persisto en la eternidad» (*Inferno*, Canto III). Mi bisabuela, quien no leía italiano y solo conocía a un Dante de apellido Huerta, lo pronunciaba con acento caribeño y lo escribía fonéticamente.

[4] «Sea mi luz la santa Cruz, no sea el Dragón mi señor, retrocede Satanás, no me tientes con vanidad, tu incienso es la maldad, bebe tu propio veneno».

Probablemente estuvieran en presencia de uno de los Cuatro Estribos del Abismo, una Letra del *ABCD*, uno de los Cuatro que no comanda legiones porque su poderío en solitario equivale a seiscientas sesenta y seis: Astaroth, príncipe de artistas y matemáticos; o Belial, el espíritu más impuro entre los caídos; o Camos, el lisonjero terror de amonitas y moabitas; o el desmedido Draco, a duras penas superado en tamaño por el ensimismado Leviatán. Para desalojar una Letra tendría que practicar un exorcismo completo de segundo grado ante el Santísimo Sacramento de la Eucaristía expuesto en el Altar. Habría que arropar al poseso con una estola en cruz, pronunciar el Oremus, cinco Oraciones diferentes, repetir el Oremus, escanciar agua bendita, hincarse de rodillas poniendo cuidado de nunca dar la espalda al Sacramento. Y eso cubría solo el preámbulo del ritual. Lo importante era serenar el espíritu y practicar el exorcismo con fe y confianza en el poder de Dios.

Otra carcajada estremeció a los presentes, cuyo número había crecido con la llegada de mirones vecinos, sirvientes y parientes. Margarita se desvaneció, Alfonso aprisionó al hijo poseído por los hombros con ayuda de cuatro esclavos que asieron las extremidades, otrora mórbidas e infantiles, ora pujantes y endurecidas. Las miradas espantadas de la congregación pasaban del energúmeno apenas sujeto por la fuerza al padre abatido por el endiablado vigor y por la responsabilidad del rito.

—Jahj, a, jajah —retumbó el carcajeo alto— *Domine Deus ecce nescio loqui quia puer ego sum.*[5]

Apartando a la gente de un manotazo, Leonarda ingresó en la lid con los ojos en blanco. Muchos pensaron que la nodriza negra había sucumbido a posesión diabólica, pero nadie se atrevió a tocarla. Avanzó hasta quedar frente al

---

[5] «Señor Jehová. He aquí, no sé hablar, porque soy un niño». *Jeremías* 1:6, Reina-Valera.

enemigo, se mordió la palma de la mano hasta sangrar y la juntó con ternura a la frente del niño susurrando palabras en corridilla que aun los cercanos no entendieron, aunque el padre González creyó escuchar: «Pe-pé, Satán, pe-pé, alé-en-pé, Satán». Y tras repetirlas tres veces, entonó: «Amala ogún arere, Aguanile mai mai, Oggún, Babá gha tin nbé lorún ogbó loruko iyo Obá».[6]

El energúmeno sonrió con dulzura, y en un santiamén las facciones crispadas se tornaron una carita azorada. Los esclavos aliviados soltaron el agarre y Juancito se desplomó en los brazos de Alfonso. Pero el peligro no terminaba. En un ojo de la nodriza apareció la pupila dilatada a negro atroz mientras la blanca esclera persistía en el otro. Se oyó la voz inmersa de Leonarda explicando que, con el favor de Olodumare, acuartelaba dos entidades en sus entrañas, un demonio debilucho de malas artes que había intentado poseerla y un orisha poderoso de metales y guerra que la auxiliaba. Que interrogaran al rehén para averiguar qué buscaban los ángeles caídos en Remedios.

Reponiéndose otra vez, el padre González volvió a blandir el crucifijo y confrontar al prisionero infernal. Fue

---

[6] La primera frase asemeja una desfiguración de la fórmula del guardián del Cuarto Círculo, «Pape Satàn, pape Satàn aleppe» (*Inferno*, Canto VII). Bisabuela decía que estaba en francés. Bien podría ser una transliteración de *Paix, paix, Satan, paix, paix, allez en paix, Satan*. La segunda parte es difícil de confirmar. El anagó lucumí, la variante cubana del yoruba, subsiste solo como lenguaje oral y litúrgico. Como tal, carece de una ortografía y gramática fija, a diferencia del yoruba *per se*, estandarizado por Samuel Crowther, el obispo negro. Bisabuela decía que Itaná, apelativo auténtico de su abuela Aitana, hablaba y escribía anagó con soltura. La fórmula parece invocar el patrimonio y poder del ciprés del Sáhara (*Cupressus dupreziana*), invocación seguida de alabanzas rituales a Oggún, y rematada por la primera cláusula del Padre Nuestro. Para los interesados, recomiendo consultar *Anagó*, de Lydia Cabrera.

así cómo trabaron conocimiento de la naturaleza del ente despedido, que no había sido una Letra cabal sino Astarté, la coronada con media luna por los fenicios y expresión minúscula de Astaroth. Al diablillo, Carcañal decía llamarse, le hacía cosquillas la cómica idea que parecía esponjar sus cabezas húmedas de isleños, que hubieran expulsado ellos una Letra como *A*. Broma colosal que propagaría luego porque, pulga chismosa del infierno, él había venido al fin y al cabo a curiosear pero la letr*a* había venido en misión encargada por el mismísimo Trino.

Protestó el padre que la Santísima Trinidad no delegaba en demonios la posesión de vejigos y el diablillo carcajeó de buena gana haciendo un chiste verde de vejigas. Él se refería a la Tríada diabólica, borrachines jocosos de vino consagrado, a la Malditísima Trinidad. Era imposible no estar al tanto del dogma básico de la Oscuridad. Si Dios era Trino, ¿por qué debería el Diablo ser Uno? Esta no parecía la Cuba de Indias sino la cuba de Sahagún, de tanto beodo guasón. Diablo mío, cuánta ignorancia, y eso que la Trinidad se había registrado hacía poco, en el Concilio de Nicea, mientras que el debut de la Tríada se remontaba a los balbuceos de Hermes Trimegisto. A instruirse en la naturaleza del Diablo, insulares ignaros: Sathanás, señor de las moscas, que tienta la tierra y gobierna el pozo, era el Diablo. Y Baal Zebub, hálito de Palestina y sinrazón universal, era el Diablo. Y Lucero, hijo de la Aurora, *lucifer, fili aurorae*, era el Diablo. Sin embargo, no hay tres diablos sino uno solo, ¿comprendían, beduinos del mar? Aunque si les parecía harto misterioso, si insistían y existían en la singularidad, podían compendiar al Diablo en el querubín caído, en el Lucero, la estrella de la mañana, Lucifer, que es ser relativo y causa última.

Preguntó el padre González qué hacía Astarté por la vecindad, y Carcañal desembuchó bajo protesta y presión que en las inmediaciones del poblado se hallaba uno de los siete lechos de la Tierra, donde el Ángel de la Muerte recogió uno de los siete puñados de polvo que Dios usó para formar al primer hombre antes de soplarle aliento de vida en la nariz. Como la corteza bajo los lechos había quedado algo fofa, las setenta y dos legiones de Asmodeo habían conseguido horadar un túnel que iba del centro mismo a la antesala de la superficie. Allí esperaban ora. La misión de Astarté consistía en romper el sello que dejó Azrael. ¿Por qué este lecho en particular? Era el menos conspicuo y, además, las Indias eran el juro de heredad que más seguro se tenía en el Infierno, y la isla era la llave de las Indias. Desconocía él cómo Astarté planeaba quitar el sello, pero suponía que hundiría Remedios, para invertir la placa del Caribe hacia el noroeste y resquebrajar así la barrera sacra. No, no podían oponer resistencia, apartados como estaban de Roma. La let*r*a regresaría pronto, quizás amparada por la Mayúscula, sin darles tiempo a notificar la sucursal pontificia en Santiago. Sé finí mesa mí.

Con esa despedida se escabulló Carcañal del dominio de Oggún y Leonarda, dejando espantada a la concurrencia. La negra recuperó ambas pupilas en color y circunferencia regular, y con la frente perlada el padre González volvió a persignarse. Seguía llegando tanta gente que la parroquia parecía albergar al pueblo entero. Preguntando qué había pasado adentro, los últimos en llegar informaron que algo extraño había sucedido afuera. Salieron en tropel y vieron que la tierra en torno al recinto, gusanosa, fértil y negra hasta entonces, se resecaba en polvoriento bermejal, en suelo colorado y adhesivo. Atacados de pánico, los vecinos principales propusieron evacuar el pueblo con urgencia. El padre González objetó que, de abrir el infierno una boca, en ningún extremo de la isla se estaría a salvo de la persecución diabólica. Debían quedarse y pelear contra los demonios.

¿Y pelear cómo?, clamaron engrifados los golondrinos. ¿Acaso conocía el padrecito algún remedio celestial? Ni siquiera sabían dónde se localizaba el lecho. En el silencio perplejo se escuchó la voz de Rodolfo, mulato liberto y aprendiz de agrimensor, proponiendo un lugar: la Güira de Juana Márquez, a un cuarto de legua del pueblo por la vereda hacia los arrecifes, espacio tenebroso y pretérita morada de la vieja bruja así nombrada y quemada en la hoguera lustros ha. Coincidió la mayoría: ese debía ser el punto de entrada pero, ¿qué podrían hacer para reforzar tanto el sello que desalentase el hundimiento del pueblo? Leonarda susurró al oído del padre González, quien pidió una pausa con rezos y recogimiento. Que marcharan a sus casas a implorar auxilio al Señor y regresaran los hombres de cada familia en la hora Nona. Marcharon resignados algunos, turbados todos. El padre y la nodriza se encerraron a cal y canto en la parroquia.

Reveló la negra su linaje ancestral del otro continente: Leonarda, cuyo apelativo auténtico era Lefédiyé, descendía en línea directa de Oduduwa, arquitecto de la ciudad sagrada de Ile-Ife, bendecido por Olodumare, Olorun y Olofi con tremendo aché. Ella podría reforzar el sello con favor y ayuda de las potencias africanas. A cambio, los orishas solicitaban acomodo a la sombra de la Cruz en este continente. Alegó el padre González carecer de autoridad suficiente para conceder licencia tal y propuso la iyalosha Leonarda conformarse con su palabra inmediata ora y la promesa de interceder más tarde con el obispo santiaguero, el mejicano García Palacios. Refunfuñó y regateó el padre hasta reducir el territorio franco a la isla cubana y aceptó la iyalosha, confiada de la expansión caribeña de los orishas. El ministro del Dios Trino de los amos y la sacerdotisa del triple Dios de los esclavos consagraron el acuerdo frente al Altar. De rodillas, uno rezó el rosario completo en latín; goteando sangre todavía, la otra zapateó pidiendo la gracia suprema del Padre, el apoyo de los Hijos y de todos los muertos en la casa de Yansa.[7]

---

[7] «Aché awó, Aché Babá ikú, Aché tó bógbo madé lo ilé Yansa».

Informó Leonarda que lo primero era sacrificar una perra y un cachorro para apaciguar el perro calor de las constelaciones caninas. Luego necesitarían formar una partida de trece almas. ¿Por los doce apóstoles y nuestro señor Iesu Christe? —inquirió el otro. No, tenían que ser trece porque el Diablo es seis y Dios es siete. Ella y él eran dos, con el cuarteto de esclavos sumarían seis, y Rodolfo siete, una comadre suya ocho, con la madre y el padre del vejigo diez. Solo faltarían tres que él escogería entre los hombres. Ella inmolaría los animales y juntaría a los suyos. Se reunirían a la salida del pueblo, en Vísperas, tras la puesta del sol. Partió la negra a cumplir y quedó el pastor encargado de sosegar a las ovejas y de alistar a las más confiables. Decidió relegar detalles cismáticos, calmar el rebaño con homilía ambigua sobre el otro redil y sondear a las almas más prometedoras por separado. Así completó el número y a la hora señalada se fundieron las trece almas en una partida.

Lideraban la iyalosha Leonarda de verde añil y brazalete de cadenas, asistida por Oggún, y el padre González provisto de Santa Biblia, llaves de iglesia y un gallo. Les seguían Rodolfo, hijo de Shangó, orisha del trueno y del fuego, y Alfonso, incondicional de Santa Bárbara, armado con una enorme espada de doble filo. Luego venían la vieja comadre Simeona, hija de Yemayá, orisha de la orilla y el mar, con cadenilla plateada en el tobillo y collar azul en el cuello, sostenida por la reanimada Margarita, devota de Nuestra Señora la Virgen de Regla, rosario entre los dedos. Detrás marchaban el aniñado Antonio con una hechura del primer Eleggua, orisha de los caminos y de las encrucijadas, y Rodrigo, acólito de Atocha, con el acetre, hisopo y porrón de agua bendita. Pisándoles los talones iban Bartolomé, representante del hermafrodita Obatalá, cargado de cascarilla, y Miguel devoto de la Virgen de la Merced, santa patrona de Barcelona. Cerraban la procesión Esteban, hijo de Oshún, la sensual tamborera de los ríos, dotado de miel y espejito de mano, Fernando, subdiácono oriental de El Cobre fiel de la Virgencita de la Caridad, sosteniendo un copón repleto de hostias, y Lázaro, rengo, barbero y cirujano, con su bastón de estoque.

Al aproximarse a la Güira sintieron el hedor de azufre y el tremor de la tierra, pero no retrocedieron. Temblando prepararon los elementos, trazaron los signos y tomaron posiciones. Me está vedado detallar el ritual, mas es lícito contar que comenzaron con el rezo de Completas y que terminaron aullando a la medianoche, que cumplieron el cometido y sobrevivieron todos. Aunque los que fueron a resellar el lecho no fueron los mismos que regresaron a Remedios, porque desde ese momento los orishas vivieron en Cuba en armonía con los santos.

El padre González cumplió la promesa y despachó una misiva a la catedral de Santiago relatando los eventos y el pacto. Es de suponer que la copia de Morell subsista en el legajo todavía inaccesible del Vaticano. Cuando el obispo García Palacios leyó la carta sufrió tal impresión que cayó enfermo y en cama alcanzó a excomulgar al padre antes de fallecer esa misma semana. De la península enviaron a Hurtado Vélez, obispo de Compostela, a meter en cintura a los sacrílegos isleños. El nuevo prelado confirmó la expulsión permanente de González de la Cruz, quien vivió unos años más y consta que ejerciendo de notario en el mismo Remedios, aunque es cuestión debatida adónde fue a parar después.

Curiosamente, Ortiz no secunda ni refuta a quienes aseguran que el excomulgado padre González debe andar cociéndose en los calderones del infierno; especula en cambio que «acaso esté vagando todavía por las sombras y amortajado en un sayal antinfernizo».[8] Esta posibilidad lo acerca al final del relato de mi bisabuela. Según ella, los orishas consiguieron mitigar el anatema convenciendo a

---

[8] Fernando Ortiz, op. cit., p. 587.

Yansa, catolizada en la morenita Virgen de la Candelaria, de proteger el espíritu del padre y de prestarle una de sus nueve sayas para que anduviera por los cementerios de noche, en espera de un Papa comprensivo cuyo perdón le permita evadir el descenso. Los hombres condenan, Yansa cobija y Dios conoce al justo.

Alicia de la Parra
Sapienza Università di Roma

III Los quijotistas

Habana, 4 de diciembre de 1847

Mi querido Sábado,

Repito en esta el juicio de la anterior; el proverbio del mayor de los Milanés tiene más pies que cabeza. Concedo q hubo un tiempo en q los matanceros andaban locos de alegría con el talento del muchacho, y en verdad tenían razón pues le brotaba la rima tan natural como el bigote. Ahora el loco de melancolía es el pobre Jacinto. Lo han enviado a Europa con aspavientos de ilustración, de pulimiento, y hasta los ciegos reparan q buscan mantenerlo bien lejos de sociedad, q avergüenza su extravío. ¿Restas gravedad a los errores históricos en favorecimiento de los efectos dramáticos? Puedo aceptar el sacrificio de la veracidad por el sentimiento, como hizo en su primer drama pero, ¿y cómo justificas nombrar Leonor a la esposa de Cervantes? Cualquier bachiller de esquina sabe q la doña era una Catalina, q Leonor es el nombre de la madre del manco y, oh sorpresa, de la infeliz esposa del cobarde conde. Discierno por q$^{\acute{e}}$ le metiste entre ceja y ceja escribir la obrilla, pero *A buen hambre* es indigna del autor de *El Conde Alarcos* y de nuestros proyectos.

Haz el favor de mandarme en el siguiente Vapor la respuesta del judío ingenioso a la *Philosophie de la misère*. Tengo comezón de paladear cómo negará, sin morderse la cola,

27

q la propiedad es manifestación de inequidad y objeto de libertad. Pareciera q los sofistas caribeños de la trata negrera entienden esta paradoja mejor q los sesudos del viejo mundo, *n'est–ce pas*? Cuando me contaste estuve tentado a escribir una reseña del Tratado de la propiedad del otro Carlos para el periódico, en anticipo pasado de lo q vendrá. Santa Bárbara nos libre de la tentación majadera del dogma disfrazado de filosofía.

Aparta esa pereza, te ruego. Escribe largo y frecuente, holgazana hogaza de pan. De sobra sabes q devoro tus cartas como fruta fresca. Miguelito está rechoncho de churros y Eugenio manda recuerdos. Dale un beso y un abrazo de mi parte a Leonardito.

Siempre tuyo,

Viernes

Madrid, 6 de enero de 1848

Querido amigo:

Entiendo, viernes de mis dolores, tus aprensiones. Nadie lamenta tanto como yo la enfermedad de Jacinto, a quien juzgaba una dádiva de Calíope a nuestro país en compensación por la pérdida de Heredia. Quiera la musa que Federico alcance el arte del hermano. Entre nos cada vez pongo menos esperanza en la poesía narrativa. Dejaría de estimular el género si no fuese por la grande necesidad de adquirir nuestra Ilíada y nuestra Eneida. En el paciente Espejo de Balboa y Troya no podemos mirarnos largo rato por la tantísima camándula puesta en el empeño. Más promete la Historia del obispo Morell que enmarca el espejo. Pagaría con tanto gusto y muchas gracias a onza de oro el verso épico que recomponga nuestro origen pero temo que el dinero nunca saldrá de mi bolsillo. Sólo la prosa parece destinada a salvarnos o perdernos. Sigo hurgando esperanzado en los archivos de Indias y no puedes figurarte la cantidad de documentos desconocidos que he encontrado. Mi propósito es editarlos y publicarlos bajo el intencionado título de *Biblioteca Cubana del Siglo XVI*.

De *A buen hambre* cuenta el mensaje. Limpiándole las faltas y encubriendo las obviedades se ajusta al Cervantes nuestro que aspiramos. Sigo creyendo firmemente que es el mártir ideal para nuestra causa y el solo ingenio español que nos interesa reclamar cuando arribe la separación. La desidia peninsular nos asiste sin desconfiar. Hará poco supe que la ocurrencia de erigirle la estatua que adorna la plaza de las Cortes pertenece al Bonaparte Botellas, por mucho que Durán insista en adjudicársela a Fernando el Indeseable, y el dinero para el mármol salió del indulto cuadragesimal, siendo coincidencia fascinante que en vida Cervantes haya sido redimido del Argel por una limosna religiosa y en muerte librado del Desdén por otra limosna religiosa. Quizás el misticismo pacato de Hegel lleve razón y exista un Espíritu del mundo empeñado en ratificar la realidad mediante la repetición.

Pero dejémosles la estatua madrileña y encarguémonos de acoplar el pedestal habanero a nuestros intereses. En ánimo tal remito un ejemplar adelantado del *Buscapié* del *Quijote* que Adolfo de Castro dice haber encontrado el año pasado en el remate de una biblioteca. He leído la obra con atención y concluyo que probablemente sea apócrifa como aquella *Tía fingida* que Arrieta, Navarrete y Gallardo insisten en acuñar cervantina. Cuando termines entrégala a la biblioteca de la Sociedad.

Sobre el problema negro prefiero no repetirme pues conoces mi posición privada y su expresión pública, que bien clara dejé en carta abierta al *Globo* francés cuando me enzarcé con los especuladores gaditanos y sus paniaguados habaneros. Mal que me pese, Saco lleva una pizca de razón. Podemos cansarnos de sostener las razones lógicas para la supresión de la trata; podemos clamar ética moral y caridad cristiana hasta desgañitarnos, podemos y debemos seguir denunciando la esclavitud. No pasan de ser posibilidades y deberes pues lo crucial en este momento es disminuir el influjo africano y aumentar con premura la población blanca. Cuando cese la entrada de los negros bozales liberaremos e instruiremos a los negros cubanos hasta eliminar toda su estupidez y ruindad, más producto de su condición esclava que de su raza africana.

Lees bien, negros *cubanos*. Aborrezco esas bachilleradas de saco roto de devolverlos al África. Para dejar de ser los hijos maltratados de una mala madre debemos aprender de sus errores, y la expulsión de los moriscos señaló el comienzo del fin de España.

Asuntos más apremiantes deberían ocuparnos en este año. La reducción considerable de tarifas aduaneras que hicieron los Estados-Unidos a nuestros productos sigue estimulando la codicia sobre la sensatez y amenazando el separatismo en favor del anexionismo. Dame noticias de los trabajos del Club de mi antiguo cuñado. La Mina de la Rosa del año pasado augura nuevas locuras conspiradoras. Envíame los números pendientes del *Faro* que me importa otear la luz que proyectan Cirilo y su camarilla. Prometo mandarte a vuelta de correo la *Miseria* de Marx en cuanto acabe con ella. No podrás quejarte de mi largueza epistolar hoy, en este día de Reyes. Memorias a Isabelita, besos a Miguelito y recuerdos al resto de la familia.

Domingo

Habana, 21 de febrero de 1848

Muy querido Sábado,

Vuelvo a la carga con la honestidad acostumbrada. El

descosido de Saco no es de lo míos, a fuer de tal. Pareciera el duplicado de Arango y Parreño, doble hasta en nombre, q malgastó la vida promoviendo la trata de esclavos en las Cortes y recibió la muerte escribiendo panfletos abolicionistas en su casona de la calle Amargura. ¿Recuerdas sus jactancias de sangre azul al ser nombrado Marqués de la Gratitud por gracia y decreto de la reinecita Isabel? Pienso exactamente como tú respecto al blanqueo cubano y al desarraigo africano: usemos al negro para robustecer las diferencias de nuestra nacionalidad respecto a la península. El ejemplo de Manzano refuta la cacareada inferioridad de la raza desgraciada. Pero ciertas realidades nos aconsejan cautela. Me refiero al espectro haitiano del q tanto hemos discutido y al asunto de los esclavos sureños q queda por discutir. Precisamente ese asunto divide a los partidarios de la revolución al modelo texano (así llaman la anexión de dos meses a esta fecha; concédeles al menos inventiva retórica).

La *révolution à la texane* gana adeptos en todas las clases sociales y posiciones políticas. ¿Quién podría culparnos, amigo? Desearía progresar justamente unido a España pero seguimos en el limbo del *status quo* de las Cortes del 37, cuando los liberales demostraron ser tan conservadores como los monárquicos y expulsaron a nuestros delegados por un quítame allá esas pajas. Ese absurdo e intolerante quijotismo q pintó Cervantes no ha muerto con el triste caballero. De nuestra Madre solo podemos esperar tarifas excesivas, más administradores incompetentes y militares despóticos. Con nuestros hermanos del continente tampoco podemos contar, dado el penoso estado de sus repúblicas. Emanciparnos por nuestros medios nos resulta imposible y aun indeseable, habida cuenta de nuestra división social y de nuestra capacidad militar. En la encrucijada de los imperios, ¿tenemos otra alternativa viable de progreso q integrarnos a la Unión Americana? Las relaciones con los Estados Unidos nos producen anualmente cerca d quince millones de pesos q se sacrifican en impuestos a España.

Hablando de millones te interesará saber q el Club ha recaudado tres para ofrecerlos al general Worth, veterano de la guerra de México, a condición de invadirnos para detonar la *révolution*. Como Míster Worthy ha pedido más dinero y garantías, la cosa no promete. Pepe Alfonso y el Lugareño intentan ganar a Saco para la causa, desconozco los medios o argumentos, y han costeado reimprimir su *Paralelo*. Comienzo hoy mismo a leer el *Buscapié* de Castro.

Vaya esta carta de primer borrador, sin corregir faltas ni reparar indiscreciones. Adiós, sábado soleado, y no te olvides escribirle a tu viernes impaciente q tanto te quiere.

El Viernes Pagano

P.D. En cuanto al encargo del *Faro*, no logré reunir todos los números así pues lo dejo para el siguiente envío. Te hago el adjunto de unos versos de Eugenio, q pidió tu comentario y censura.

Madrid, 30 de mayo de 1848

Querido amigo:

Recibí tu carta en vísperas de partir a Sevilla y decidí esperar el regreso para contestar con la cabeza tranquila y la pluma menos afilada. Veo tus trazos en el papel y no reconozco la mano, la mente, el **varón** acurrucado tras ellos. Grande sofisma es, peligroso y quimérico además, proclamar que no tenemos otra alternativa que pertenecer a los Estados-Unidos, y suponer que dado el caso de agregación conservaríamos nuestra nacionalidad intacta. Es agregación, Manuel mío, anexión, *ad nexus* y no revolución a la tejana. Y la anexión sólo es deseable cuando evita el derrame de sangre o cuando redunda en beneficio de la gente del país agregado. Consideremos estos dos puntos.

La anexión pacífica es un sueño de trasnochados. En la mayor miseria España no vendería Cuba a los Estados-Unidos, aunque la reina Isabel hubiese de trocar las joyas de la corona por mendrugos de pan mohoso y cartuchos de pólvora negra. España pelearía por Cuba y en Cuba hasta la ruina mutua y total. ¿Arriesgarnos a la revolución por nuestra cuenta? Correría en vano la sangre de nuestra gente en nuestros campos, y entraría en liza la negrada azuzada por engañosas ofertas de libertad que ambos bandos prometerían y ninguno cumpliría. Si consideramos las revoluciones americanas, nada garantiza que los negros peleen del bando criollo.

Digo más, aun cuando Estados-Unidos nos apoyasen es de esperar que Inglaterra hará lo mismo por España para contener la expansión continental de éstos. Por esos trillos nos esperan ríos de sangre.

Deslumbra el empuje técnico de los Estados-Unidos y las libertades civiles de sus instituciones pero, ¿es realmente un imperio cuya tutela nos beneficie a largo plazo? Los pueblos se tornan sabios y fuertes con la instrucción y la experiencia, como los hombres. Nosotros aún somos niños, en comparación con la Europa, pero ellos tampoco han alcanzado la mayoría absoluta de edad. No son una Roma imperial de Augusto sino la Roma republicana de Espartaco; una guerra servil interna es mera cuestión de tiempo, irresuelto como está su propio problema negro.

Considera, además, nuestras circunstancias actuales de orden social y económico. Aspiramos al Norte, Manuelito, pero atañemos al Sur. En cuanto a espejismos millonarios de ganancia segura, temo que con el pretexto de ejercer tutela y protección de nuestras personas, ejecuten curatela y administración de nuestros bienes. Desde la interesada neutralidad que practicaron en tiempos de Bolívar quedó claro de qué pata cojean los Estados-Unidos.

He convencido a Saco de retomar la pluma contra las ideas de agregación y pienso reunirme con él en París por unos meses. Preferiría no tener que abandonar mi casita de Peligros, no detener mis investigaciones históricas, no tener que sacar a Leonardo de los Escolapios, pero siento que estamos en el ojo del huracán.

Desconozco cuánto sigas los conflictos en curso en Europa, pero la insurrección parisiense de febrero pasado ha reanimado la llama de la revolución francesa que amenaza con extenderse por el continente. En Barcelona y Madrid mismo hubo una intentona revolucionaria en marzo y otra hará tres semanas que sirvió al Narváez de pretexto para cerrar las Cortes. Paciencia, viernes, paz y ciencia, es tiempo de división, no de agregación. Un amigo común partió con su Luz a Nueva York a calmar a los ilusos de *La Verdad*. Te ruego ejerzas tu influencia con discreción en la Habana contra las locuras temporales de nuestros compatriotas.

Adjunto terminada y anotada la *Miseria* y un reciente *Manifiesto* del mismo autor en traducción francesa. Y va un cuadrito de Fray Gerundio que pone en diálogo de Don Quijote y Sancho las acusaciones de un loco sensato en contra del socialismo. Prometo tener leídos los versos de Eugenio para la próxima carta. Dale un beso grande y mío a Miguelito y un abrazo para ti.

Domingo

Habana, 26 de julio de 1848

Querido Domingo,

De Bolívar Vd. no me hable, o acaso olvida q se negó a auxiliarnos en el 23, cuando vendió la libertad caribeña a cambio de la paz española y del reconocimiento de la independencia colombiana. Para tiranuelos oportunistas y militares de siete suelas suficiente tengo con la turba de capitanes generales q nos aqueja desde antaño. Pareciera q la distancia acarrea el olvido, porq lejos allá olvida Vd. los innumerables desprecios y los daños q nos vienen de aquellos lares. Olvida Vd. el obsceno negocio de la harina, del canje bancario, de la dársena matancera. Olvida Vd. el ayuntamiento hereditario y el alguacilazgo mayor que se nos impone como si viviéramos en otro siglo. Olvida Vd. la ausencia de diputados nuestros en las Cortes cuando hasta las Islas Canarias tienen su representación política. Hasta las Canarias, Domingo, despierta por Dios.

Cada día me convenzo más de q nuestra estirpe carece del don de gobierno. Empéñese nuestra mala madre en humillar a sus hijos; empecínense nuestros hermanos en pelearse entre ellos. Nosotros somos el Benjamín de la familia q aún puede buscarse padres postizos. Mi mayor deseo sería lograr constituirnos en un estado por completo independiente pero la libertad en solitario nos condenaría a doscientos años de angustia y opresión. Si hoy somos las víctimas quejosas de otros, mañana seríamos victimarios mezquinos de los nuestros pues nuestro pueblo necesita entroncarse en otras razas para encontrar la felicidad.

Por la felicidad, Domingo, sacrificaríamos la identidad. Prefiero servir en el cielo antes q enseñorear purgatorios.

Te mando los últimos números del *Faro*, el *Diario* y la *Gaceta* con artículos circulados. Bien verás q nos hemos enfrascado en polémica por la autoría del *Buscapié* y leerás entre líneas q discutimos otras cosas.

Cirilo y yo pergeñamos una linda colección de artículos mal q bien costumbristas. Eugenio ha tenido una idea tan genial q parece misericordia divina al provenir de cabeza así de joven. Precisamos nuestra Eneida de antaño y nuestro Cervantes de ogaño, *n'est–ce pas*? ¿Y si presentásemos una obra vieja nueva, valga la implicancia, q matase como quien dice dos pájaros de un tiro?

Escribamos el *Quijote* en verso.

No hablo de otro Avellaneda sino del mismo *Quijote* versificado de cabo a rabo. El *Buscapié* del bribón Castro acredita q es posible imitar los decires del manco. Hemos juzgado la octava como el metro más adecuado y hemos calculado q sesenta cantos de sesenta octavas bastarán para la Primera parte.

Memorias a Leonardo.

Tuyo y también mío,

Viernes

Calais, 5 de septiembre de 1848

Querido Viernes:

Escribo este billete apresurado, chino mío, minutos antes de partir a Londres. Nicolás me ha remitido tu carta de julio desde Madrid y acabo de leerla con una inquietud creciente. Te ruego desistir del *Quijote* en octavas. El decir cervantino es tan inimitable cuanto incompatible con el rimar cubano. Cervantes perdería demasiado en el verso, casi tanto como perderíamos nosotros agregados a los de Washington: tradiciones, linaje, historia y hasta lenguaje. Abrazo grande de tu amigo que te quiere y se preocupa,

Sábado

Habana, 10 de octubre de 1848

Estimado señor,

Oféndeme Vd. con las fraternas de bigardo de su impertinente mensaje. Debo concluir q Saco le ha sorbido los sesos, y q a su natural presunción de patriota en los domingos y fiestas de guardar ha sumado el racionalismo patológico de los emigrados sino el socialismo positivista de los extranjeros.

¿Va Vd. a Londres a entrevistarse con los abortos de la Liga Comunista?

¿Tradiciones? Traiciones.

¿Linaje? Vasallaje.

¿Historia? Vanagloria.

En gran pérdida incurrimos perdiendo esos sustantivos q suenan a mucho pero no son más q la herencia odiosa de la peor España.

Malentendió Vd. la idea de trasladar libremente la prosa peninsular al verso insular como ofrenda a la patria. No se trata de imitar el *Quijote* español, se trata de producir el *Quijote* cubano.

Le ruego muestre respeto por los verdaderos patriotas, q estamos en la isla del futuro, y siga Vd. jugando al artista en el continente del pasado.

Adiós,

Manuel

Madrid, 19 de noviembre de 1848

Amado amigo:

He leído consternado la carta de octubre y me resisto a llamarla tuya. Pareciera que eres tú quien ha olvidado tantísimo. Olvidas mi carácter, mis sentimientos y desvelos. No niego que el corazón humano late en propensiones irregulares pero te aseguro, viernes amanuelado, que el mío sigue batiendo apegado a Cuba. Así seguirá hasta el último latido, y ten la certeza de que nunca sacrificaría sus provechos como peones de tablero.

¿Quién te ha indispuesto con tal virulencia en contra mía? Endilgas acusaciones de comunista con lógica y saña insensatas.

Si partí a Londres fue a entrevistarme con Montalvo, para intentar resucitarlo a la utilidad de la vida pública y apartarlo de la futilidad de los fumaderos de opio donde disipa su considerable talento.

Si en mis palabras apuradas deslicé ofensa alguna, ruego me perdones con esa generosidad tuya.

Si malentendí el asunto del *Quijote en octavas*, ruego me reveles qué podríamos ganar con ello. Sin José María, sin Jacinto, no disponemos en Cuba de un poeta a la altura de la empresa. Quizás no disponga el mundo entero de una pluma semejante. Por bueno que saliera ese *Quijote*, sería abrirse ingenuamente al ridículo y la burla fácil.

Escríbeme pronto, querido amigo. Me entristece pensar que andamos enemistados.

Beso y abrazo de

El Sábado y Domingo nublados

Madrid, 14 de febrero de 1849

Querido Manuel:

Sigo sin noticias tuyas y me resisto a consentir el adiós definitivo. Aparta el enojo enemigo y escríbeme pronto. Mejor aun, visítame y penaremos en la Sierra Morena en la dulce purificación de los extraviados.

Tu hermano que te extraña

Domingo,

Cádiz, 20 de mayo de 1849

Estimado Manuel:

Leo *La Tertulia* para reír del mundo y termino llorando por el terruño al venir en conocimiento que «en la Habana ha cometido cierto señor llamado don Eugenio un crimen de lesa literatura. Ha intentado poner en octavas el famoso libro de Cervantes». Nada más diré y nunca más volveré a importunarte. *Forsan et haec olim meminisse iuvabit.*

Nadie te querrá como te quiere

Domingo

IV Fábula sumaria del alcalde Supervielle

Había una vez, en la Capital de una corrupta República, un Abogado que quiso ser honesto y que todos lo fueran. Animado por la noble ambición, decidió entrar en política y tras mucho bregar fue postulado Alcalde de la Capital.

Sus enemigos lo felicitaron con sincera alegría. Sus amigos le aconsejaron rechazar el cargo. El nuevo Alcalde tomó posesión en el Salón de Espejos del viejo Palacio. Embriagado de buenas intenciones, pronunció un emocionado discurso y prometió al Pueblo solucionar el problema del abasto de Agua en el lapso de un año que no era bisiesto.

Su plan era construir otro acueducto para sustituir el inaugurado en las postrimerías de la Colonia. Al principio el asunto fluyó, pero no tardó en toparse con obstáculos extraordinarios, si bien comunes en la República. El Alcalde se tomó tan a pecho la promesa incumplida que, al amanecer de acabarse el plazo, escribió una nota pidiendo disculpas y se aquietó el corazón con un revólver.

Sus amigos indignados exigieron la renuncia inmediata del Presidente. Sus enemigos elocuentes recaudaron los fondos para erigirle una Estatua que luego rebajaron a Busto. La sencilla escultura fue montada en un Pedestal inscrito con su exótico apellido materno y con el escudo capitalino. A última hora, un Escritor aconsejó agregarle un cuenco para acumular la lluvia, y un Ingeniero diseñó una fuente que funcionó unos meses.

Ha llovido mucho desde entonces, pero el Busto sigue ahí en su Pedestal. Y el Pueblo pasa junto a la efigie del Alcalde suicida, cuya fábula ha olvidado, quejándose del problema irresuelto del Agua en la Capital de la República.

V Rendición de cuentas

El 20 de marzo recibí este libro en paquete remitido de Buenos Aires vía México. Como pueden ver, la portada de tapa dura muestra una reproducción de *La danza de la vida* de Edvard Munch... en fondo rosado. Extravagancia tal, solo pudo ocurrírsele a una ilustradora burguesa con dolor de ovarios. El remitente, que además es prologuista, incluyó una tarjeta a modo de marcador de página. He conservado una copia:

> Recibe las fábulas de nuestro común amigo en plena declaración de mi respeto y como exiguo memento de nuestras charlas. Ahora, que brilla la navaja del que vino a salvarnos, no es tiempo de rehuir la mirada sino de seguir mirando, aunque sea "con un párpado atrozmente levantado a la fuerza". Quizás algún día nos complazca recordar incluso estas cosas.
>
> Afectuosamente, Pepe Bianco.

Tal y como oyen, se trata de una vulgar provocación política que incluye un verso del falso camarada Neruda. Del Neruda que aceptó entrar en los jueguitos del Imperio en el momento en que atacaba salvajemente al Congo, a Santo Domingo y al muy heroico Viet Nam. De ese Neruda que aceptó una condecoración y un almuerzo de Belaúnde en el momento en que los camaradas peruanos acometían valientemente la liberación de su país. Del Neruda, en fin, que denunciamos en carta abierta los principales artistas y escritores de nuestro país, varios de ellos aquí presentes. Y para colmo de instigación, el traidor Bianco se despide afectuosamente en lugar de hacerlo revolucionariamente.

Confieso que leí el relato de la página marcada, esta, la ciento sesenta, antes de reportar el caso a los compañeros de Seguridad del Estado.

No es por disculparme, porque no estoy aquí para eso, pero más que una debilidad ideológica se trató de una lamentable curiosidad. Verán, desde hace años yo sabía que ese cuento existía, sabía que se refería a mí; abro el libro para leer la tarjeta y me lo encuentro. Como es tan corto lo terminé antes de comprender que leer aquello era un error imperdonable, censurable y hasta incalificable.

Eso sí, enseguida me horroricé y salí a la calle libro en mano a denunciarme. Por pura casualidad, encontré una patrulla de civil frente por frente a mi casa y los amables agentes me condujeron veloces a las cómodas oficinas de la Seguridad donde pasé, como ya saben, un mes y una semana estudiando mi caso.

No quisiera extenderme demasiado en el elogio de esos compañeros que realizan una labor extraordinaria y con frecuencia malagradecida, pero sí quiero reconocer desde esta tribuna que son tan valiosos como nosotros, que a veces vivimos con la cabeza en las nubes sin sentir las pulsiones de la tierra a nuestros pies. Y son más meritorios incluso, exentos como están esos compañeros de la hueca vanidad del creador. Ese chistecito de medir la inteligencia en *tares* es falso. Los militares tienen centitares y kilotares de lecturas. Figúrense que uno de ellos citaba con soltura a nuestro presidente ausente en las amenas charlas que sostuvimos en altas horas de la madrugada:

No sé por qué piensas tú
poeta que te odio yo,
si somos la mesma cosa yo y tú.

Y es tan cierto que somos la mesma cosa, compañeros. Somos los hombres del tercer mundo que sacrificamos nuestro tiempo en beneficio del tiempo de la Historia. Somos revolucionarios y nuestro primer deber es hacer la revolución. Las masas desposeídas del tercer mundo no necesitan revolucionarios de la literatura sino literatos de la revolución. Un día, muy cercano compañeros, un día el escritor y el soldado seremos el mismo hombre. Entonces nuestro país tendrá cientos, miles, millones de escritores. ¡Qué progreso, compañeros!

Antes del triunfo de la revolución, los escritores se contaban apenas con los dedos de una mano, Heredia, Avellaneda, Villaverde, Martí, Serpa... de acuerdo... los dedos de las dos manos, sumen Guillén, Loynaz, Novás, Carpentier, Lezama... Diego, en fin, digo. Tal vez ustedes no compartan esta fórmula ahora, pero no se preocupen, ese día llegará.

El asunto de la lectura del cuentecito quedó aclarado en menos de tres horas de llegar al recinto de Seguridad. Yo me sentía abrumado por la culpa, con muchas ganas de romperme la necia testa contra la pared. El compañero oficial que me atendió, un hombre generoso de manos dedicadas, me ayudó a perdonarme y restarle importancia al error a pesar de su gravedad. Poco a poco me calmó y entonces pudimos concentrarnos en el problema capital, que es el significado del texto y no el acto de leerlo.

No los insultaré presuponiendo que ustedes fueron tan débiles como yo. Seguro que desconocen el relato y mejor así, compañeros, porque son unas ciento cincuenta y tres mentiras contando dos del título. Verán, Virgilio Piñera me pinta como un loco, como una alegoría del Hombre Nuevo que se propone planes descomunales para cambiar la Tierra y es incapaz de aceptar el anonimato colectivo, de renunciar a la individualidad. ¡Habrase visto semejante idiotería de cajón, compañeros! Y el desviado alteró los números, porque la montaña que intenté devorar no tenía

44

mil metros de altura sino mil novecientos setenta y cuatro. Es indudable que redondeó arteramente por defecto para restarle altura a nuestra linda geografía. Por supuesto, ¿qué puede esperarse de un homúnculo como él, compañeros?

Como saben, el homosexualismo es una patología social reconocida por la frenología, por el psicoanálisis y hasta por la etimología. Homúnculo, del latín *homo culus liberalis*, quiere decir el hombre que da el culo por la libre, en oposición al *homo sapiens culus*, o el hombre que sabe que el culo no se da.

Desconozco de qué locas artes se valió para enterarse de mi propósito, pero no descarto el espiritismo onanista. Me consta que él residía en Argentina cuando terminó el cuento a mediados del 57, y yo vivía en Oriente cuando emprendí el banquete a finales del año anterior. Yo llevaba meses dándole vueltas al proyecto hasta que me decidí y en diciembre comencé a devorar la montaña.

Los primeros bocados me dejaron un gustillo a derrota en el paladar, pero continué firme en la empresa y eso hay que reconocérmelo.

No obstante, es un absurdo virgiliano que cada mañana yo subiera la montaña y me echara bocabajo sobre la cima a masticar lo que me saliera al paso. Por favor, ¿en qué cabeza calenturienta cabe esa estrategia, compañeros?

Observen la falta de logística, de prevención y hasta de consciencia histórica. En primer lugar, perdería mucho tiempo subiendo y bajando a diario. En segundo lugar, por las mañanas me verían los vecinos y correrían los rumores. En tercer lugar, tendría que rodear constantemente el busto en la cumbre a riesgo de socavarlo. Y eso sí que no, compañeros, porque yo habré cometido errores, pero siempre he sido un patriota.

Yo trabajaba en la oscuridad. Salía de Ocujal cuando el sol empezaba a bajar y llegaba de noche al pie de la montaña. Me echaba de costado a masticar y tragar hasta que rayaba el alba. Entonces regresaba a casa, es cierto que con el cuerpo molido y las mandíbulas deshechas. Alguna que otra mañana seguía camino hasta Bella Pluma. Me desvestía y dejaba que las olas amasaran los músculos cansados. Hacía gárgaras de Caribe para desinfectar las llagas y me iba lejos, flotando, para contemplar cómo tanto esfuerzo rendía frutos y el pico de la montaña se acercaba más y más a la tierra. Cada dos semanas cambiaba de ladera para prevenir derrumbes y deslizamientos.

Los compañeros de la Seguridad me rogaron varias veces, siempre con exquisita cortesía, explicarles por qué yo intentaba devorar la montaña. De seguro ustedes mismos quieren saberlo. Es una pregunta muy válida, compañeros, aunque la respuesta no es sencilla. Ante todo, serénense los suspicaces que están imaginando un complot de la CIA o del *State Department*. Yo siempre actué por mi cuenta, y si mis actividades pudieron beneficiar los nefastos designios de esas agencias del mal, fue resultado colateral de mi necedad, nunca de la traición. Comprendo que algunos dudarán de mi honestidad en este punto, pero créanme cuando les digo que los compañeros de la Seguridad la comprobaron, a fondo.

Quizá el decadente de Virgilio tenga un poco de razón cuando insinúa mi vanidad y mi deseo de ser un devorador de montañas famoso. Tortuosas son las celadas del ego, no lo niego. Yo mismo no recuerdo un motivo específico, una lógica, una razón de estado en particular. En los primeros años me dominaba un apetito instintivo, el hambre del hombre ninguneado por el hombre. Me punzaba el estómago un agujero hondo de siglos que necesitaba rellenar a toda costa.

Pulsiones ingenuas, lo comprendo ahora, compañeros. Si mirar largo tiempo al abismo es peligroso, ¿qué horrores no supondrá cegarlo?

A posteriori comprendí, y los briosos compañeros de la Seguridad me reafirmaron la comprensión, que yo era un bienintencionado lamentablemente descaminado. Ya sabemos a dónde nos conducen las buenas intenciones cuando no están instituidas en acciones y parámetros del pensamiento revolucionario.

Sin saberlo, yo solo quería que nuestra querida isla fuera una llanura de igualdad, un todo homogéneo, un plano de justicia, desde el Cabo de San Antonio hasta la Punta de Maisí. Mea culpa, compañeros. Es mea. Me faltó comprensión materialista, dialéctica e histórica. Fui como el ingenuo que quiso ser ingenioso y terminó siendo un ingrato.

Hoy soy otro hombre, compañeros, un hombre mejor, y es gracias a la generosidad de nuestro gobierno que sí garantiza la equidad social constante y equidistante, y eso sin necesidad de simbolismos burgueses.

El que no ha crecido es Virgilio, ese árbol torcido que sigue esbozando opúsculos feminoides. Enraizado en el pasado, se niega a modificar el relato, eso dice, al menos por el momento. Veremos qué hace cuando concluyamos el proyecto.

Para eso estoy aquí, compañeros, para contarles el plan y reclamar vuestra voluntaria ayuda. Entre todos vamos a restituir los metros devorados de montaña y les digo más: para celebrar el próximo aniversario del 26 de julio, vamos a remontarla hasta los dos mil metros.

No se preocupen que ya está planificado. El Ministerio aprobó el nuevo proyecto y contaremos con la asesoría del Instituto de Geología. El Departamento topográfico insistía en acrecentarla desde la base, pero eso tomaría un tiempo excesivo. Los compañeros de Cartografía, que no lo parecen pero son los más atrevidos, propusieron alterar el mapa sin elevar el territorio pero eso nos arriesgaría una inspección internacional. Llegó a barajarse la posibilidad de construir un pedestal altísimo para el busto, pero en Geoprocesamiento afirman que los metros agregados al monumento no se considerarían parte de la montaña. Las altas esferas han decidido una solución intermedia.

Se
retirará
temporalmente
el busto y los miembros de
nuestro sindicato acometeremos
la honrosa tarea de alzar un montículo
natural en la cima que servirá de nueva base y
elevación. Considerando la sedimentación inevitable, los cálculos revolucionarios estiman que necesitaremos producir sesenta toneladas métricas de materia orgánica. Para crearlas nos dividiremos en tres brigadas: prosistas, poetas y dramaturgos; y trabajaremos por turnos de ocho horas hasta generar la altitud necesaria. Dos mil metros, compañeros, ni una pulgada menos. Sería una vergüenza increíble que nos quedáramos por debajo de esa cifra, que puede parecer arbitraria pero no lo es. La fecha del 26 de julio es un plazo que podemos estimar conservador, dado el compromiso, la fuerza, la dignidad, la moral, y sobre todo el espíritu de trabajo que nos caracteriza.

Desde aquí puedo ver el entusiasmo reflejado en sus rostros. Hacen bien en entusiasmarse, compañeros, pues en esta carrera por los dos mil metros ganaremos más que una montaña levemente más elevada. A ver, ganaremos confianza, colectivismo y hasta consciencia. Ganaremos un emblema, una imagen, una cifra de las posibilidades. Es mejor que el **varón** amujerado de Virgilio no rescriba el cuento. Así conservaremos una referencia superada del egocentrismo, una constancia del pasado peor.

Los flojitos y mariquitas que respeten; esta es una tarea de hombres. Cualquiera de nosotros puede rescribir la versión contemporánea. Yo mismo podría hacerlo. Se me ocurre de pronto "La montaña II". No, ese sería un título derivativo. Mejor "El apogeo de la montaña", ¿verdad que suena perfecto? Podría empezar parafraseando a Virgilio en un plural triunfal. Díganme qué les parece esto y sean sinceros:

Ahora la montaña tiene dos mil metros de altura.
Hemos conseguido elevarla en el Año de la
Productividad. Ha dejado de ser una
montaña como todas las montañas
para estar en la mancúspide
de nuestro heroico
pueblo.

Pensándolo bien, quizá sería preferible que la redactara alguno de ustedes, o escribirla entre todos. O más mejor entodavía, convoquemos un concurso de cuentos cortos para artistas aficionados y publiquemos una antología con los textos ganadores. El arte es un derecho del pueblo, compañeros, un derecho y cuando sea un deber entonces sí que hablaremos de progresos literarios. Patria o Muerte, compañeros. Hasta la Victoria siempre.

VI *Révolutionnaire*

18 de julio de 1979,
Año XX de la Victoria

En cumplimiento de instrucciones recibidas prosigue la vigilancia diaria del ciudadano ███████████████████, residente en ████████ Siendo las 12:03 horas egresó de dicho domicilio otro ciudadano no identificado de unos 26 años, estatura media y constitución delgada. Señas distintivas: gorra negra de cruz roja atada al cuello (singularmente estirado) por un cordelito entretejido. Recomendamos consultar el reporte del equipo anterior para establecer la hora de ingreso del cuellilargo. Con cautela proseguimos yo y el sargento Jorge Batalla al seguimiento del ciudadano. Nuestro compañero de guardia quedó apostado en el objetivo principal.

El sujeto caminó hasta la parada de 5ta Ave. E/ 118 y 120 y abordó un ómnibus de la ruta 132 en dirección de la Terminal de Trenes a las 12:14 horas. En la guagua cruzó palabras airadas con un ciudadano de unos 48 años, estatura baja y constitución gruesa. Como el vehículo iba atestado fue imposible determinar con total certeza el contenido de dicho diálogo, que a ligera escucha se juzgó estar exclusivamente relacionado con el empuja-empuja circundante sin llegar a producir una alteración del orden. El sujeto se abalanzó a

50

sentarse en un asiento desocupado y el segundo
ciudadano se apeó del vehículo en la parada
siguiente.

Resolvimos dividirnos. El sargento Batalla
prosiguió el seguimiento inicial y yo alcancé
al segundo ciudadano, que fue identificado
como Jacobo Carreman, CI 03022101231, de pro-
fesión pintor y profesor en la Escuela Nacional de Arte. El ciudadano confirmó la índole
conflictivo-casual del contacto y alegó des-
conocer al sujeto en cuestión. Dada la naturaleza estratégica de la ENA, se recomienda
solicitar un informe preliminar sobre el profesor Carreman al compañero ███████████,
agente encargado de atender dicha institu-
ción.

Reestablecimos contacto con el equipo vía
radio. Siendo las 14:18 horas presenciamos un
intercambio verbal y táctil entre el sujeto y
otro ciudadano no identificado en el parque
Antonio Maceo, esquina San Lázaro y Padre Va-
rela. En el transcurso de la conversación el
ciudadano jugueteó con el primer botón de la
camisa del sujeto hasta desabotonarlo, resal-
tando así la extensión del cuello. Proseguían
animados cuando fuimos relevados a las 15:00
horas por el tercer equipo de vigilancia.

Revolucionariamente,

Agente Ramón Quenó

VII Ritual de paso

El día mismo que Kasparov derrotó a Karpov en el teatro Tchaikovsky de Moscú, Marco César Escoto decidió cruzar el Muro. La división de Alemania no influyó en la decisión, como tampoco pesaron las alas de una mariposa, la fuerza de la sangre, la presión de la sociedad, la rueda de la fortuna, la secuencia del genoma, el libro del destino ni nada por el estilo. Fue cosa de pura voluntad de poder con una pizca de coincidencia.

Mientras resolvía un mate en tres jugadas, Marco escuchó la noticia por Radio Reloj que hoy, tac-tac, sábado nueve de noviembre de 1985, Año del Tercer Congreso, el soviético Garry Kasparov acaba de convertirse en el campeón mundial de ajedrez más joven de la historia tras derrotar al soviético Anatoli Karpov con marcador final de 13-11. Radio Reloj, tac-tac-tac, cuatro de la tarde en todo el territorio nacional.

Como daba la casualidad que cumplía nueve años ese día, Marco decidió que no podía ser casualidad la victoria de Kasparov, el cumpleaños y su propio interés por el juego ciencia. Quizás él podría ser un campeón, si realmente se esforzaba. Aunque los campeones debían ser valientes y emprendedores, enfrentarse a las adversidades sin temor, como había hecho su tocayo César al cruzar el río Rubio ¿el Danubio? ¡el Rubión! para invadir Roma, y seguro que habría hecho Kasparov infinidad de veces en la vida. Por razones que tomaría una novela explicar, Marco sintió que el muro de la escuela primaria Fernando Cuesta era el río donde le tocaba echar la suerte. Al cruzarlo dejaría de ser un fiñe y se convertiría en chamaco, paso intermedio hacia la hombría definitiva. Juegan las blancas y Dama g7 jaque, Torre x g7. hxg7 jaque, Rey g8.

Si cruzaba el Muro, Gilbertón dejaría de ponerle nombretes, Isabela lo miraría diferente, y él podría preguntarle si quería ser su novia.

Sí, Torre h8 jaque mate. Otra señal.

En cinco minutos resolvió cruzarlo el lunes por la mañana. En lugar de seguir caminando hasta la entrada del frente, atajaría por el fondo como hacían los **varones** de quinto y sexto grado. Tan contento se puso con la audacia de la resolución que olvidó ajustarse los espejuelos antes de salir corriendo a contarle al padre, y por poco los rompe al trastabillar en el quicio de la puerta. También olvidó apagar la luz, el radio Selena y el ventilador Órbita, como se encargaría de restregarle Magaly al regreso.

Corriendo bajó las escaleras del edificio, trotando dobló la esquina y jadeando llegó a la mesa del dominó donde el Jabao anunciaba el tranque, a virarse, y el padre de Marco incrustaba el doble blanco en la mesa con un estruendo de victoria.

—Blanquizal de Jaruco. Pollona, arriba, las próximas víctimas.

—Usted es tremendo bota gorda, compadre —acusó el Jabao levantándose del taburete.

—Claro, Jaberguoki, claro. Y me lo dices con el blanco dos en la mano. Dale a llorar a Maternidad y a quejarte al Poder Popular. ¿Qué pasó, Marquito?

Viéndose con público numeroso, Marco se contiene y no dice nada de brincar el Muro y declararse a Isabela. Pero sí cuenta lo que había pasado en el teatro de Moscú, exagera lo rápido que había resuelto el mate en tres jugadas, y declara que un día él también iba a ser campeón mundial de ajedrez, igualito que Kasparov y Capablanca.

Alineando las fichas, el padre comenta que a su edad el gran Capablanca les ganaba al padre y a los amigos, y que él todavía no le había ganado un juego. Marco se desanima un poco, pero igual pide veinte pesos para comprarle el ajedrez imantado de bolsillo al viejo Chano, artefacto que le permitiría estudiar en los recreos.

—¡Diez pesos! —replica el padre— ¿para qué quieres cinco pesos si con tres te sobra? Vaya, toma uno y feliz cumpleaños, ¿no creíste que se me había olvidado? Estás siempre agachado, gordito. Cómprate un papalote y vete a buscar tu regalo. Está escondido debajo del aparador.

Inconforme y goloso, Marco gasta el peso en un cartucho de galleticas dulces que devora a puñados y en dos paquetes de sorbetos que guarda para más tarde. Y regresa a casa a escuchar el regaño de la madrastra y encontrar el regalo envuelto en papel periódico, una careta de bucear. De vuelta al cuarto, arroja la careta al closet, junto a las patas de rana del año pasado, organiza el tablero para resolver otro ejercicio y seguir pensando en Isabela y en el campeonato mundial. Así termina el sábado, empieza y termina el domingo, y llega el lunes.

Cuando es día de escuela, Magaly suele despertarlo sacudiéndole los hombros con insistencia hasta que no tiene más remedio que levantarse. Esta mañana salta de la cama apenas lo toca. Hoy es el día que conquistará el Muro. Marco se abotona la camisa blanca tarareando bajito una canción de Silvio Rodríguez que suena en la radio:

> Si no creyera en lo más duro ♪
> si no creyera en el deseo,
> si no creyera en lo que creo, ♫
> si no creyera en algo puro.

Ahora sí entendía la letra, al menos esa parte. El deseo tenía que ser puro y había que creer en lo que uno creyera, aunque fuera duro.

Como el short del uniforme le queda apretado, hace unas semanas le abrió otro agujero al cinto. Pañoleta roja, medias blancas y botas ortopédicas de horma recta que sabe anudar sin que nadie lo ayude desde aquella mañana que el padre le informó que ya estaba muy grande y que no iban a ver la simultánea de Guillermito García hasta que se anudara los cordones él solo. Listo, sale a la cocina que también es comedor.

—Lávate la cara y cepíllate los dientes antes de desayunar, que nunca te da tiempo después —ordena el padre que bebe café ojeando el último número de la revista *Mar y Pesca*.

Obedece rápido y regresa a sentarse frente al desayuno que Magaly coloca en la mesa. Una, dos, tres, cuatro, cinco cucharaditas de azúcar. El pan con mantequilla le parece más rico enchumbado en café con leche dulzón. Termina y corre a juntarse con el padre que espera en la puerta y pregunta si enjuagó la taza y se despidió de la madre con un beso.

Marco quiere contestar que de su mamá de verdad se despidió hace meses pero la verdad atraganta y la mentira es fácil, que sí lo hizo, para evitar enojos y discusiones. Marchan juntos hasta la parada donde el padre esperará el ómnibus y él seguirá cinco cuadras hasta la escuela.

Por el camino Marco se reúne con otros niños que ventilan quién es el mejor bailando trompos y una niña, Alicia la Marimacho, que sonríe callada y segura de ser ella la mejor. Llegan a la callejuela del fondo, siguen de largo sus amigos de cuarto grado y se detienen Alicia, los chamacos de quinto, sexto, y Marco.

Ahí está el Muro que ahora parece más alto de lo que recordaba, alto e infranqueable como una muralla que no puede abrirse aunque se junten todas las manos, las negras de los negros y las blancas de los blancos.

Ahí está, donde siempre ha estado, desde el monte hasta la playa, dando vuelta al horizonte.

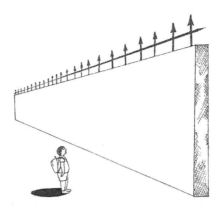

A decir verdad, el muro no es así. No rebasa el metro noventa, está bastante inclinado y, además de grietas desparramadas, tiene dos niveles de molduras que los pioneritos usan de escalones y agarraderas. Una carrerilla de impulso, saltar, agarrar, halar, sentarse en el remate partido, escurrir el cuerpo entre los barrotes y descolgarse al otro lado por la enredadera. Marco ha visto la maniobra decenas de veces desde que se mudaron a esta ciudad a principios de agosto. Esta mañana siente el deber ineludible de ejecutarla, máxime cuando nota que varios chicos lo observan extrañados de que no siga rodeando la escuela hasta la entrada principal, como hacen los fiñes de cuarto grado. Para colmo de males, llega la pandilla de Gilbertón y su risueño cabecilla blandiendo el cuchillito de jugar al cometierra en los recreos que tan bien conoce. Gilbertón lo contempla sorprendido y acuña la sentencia.

—Upa, la Marquesita quiere saltar el muro.

Con la frase desaparece la opción de seguir caminando y dejarlo para otro día, de analizar mejor el terreno, de practicar en solitario un fin de semana. Ahora siente que no puede echarse atrás, que retroceder no sería volver al mismo lugar sino descender a otro más bajo. Ajustándose los espejuelos, Marco arremete contra el muro y da el salto, alcanza la segunda moldura y logra sostenerse un segundo antes de caer de nalgas al asfalto. Los chicos ríen y alguien de la pandilla pregunta retórico si la Marquesita solitaria se pondrá a llorar. Que llore, que llore, que llore, corean sus compinches estallando en insufribles risotadas.

Marco contiene las lágrimas haciéndose cosquillas en el cielo de la boca con la puntica de la lengua, un truco materno. Los otros escalan el Muro uno a uno, y todos cruzan excepto Alicia y Gilbertón que lo contemplan desde lo alto del remate. Marco se levanta, esta vez toma más impulso y un, dos tres, agarra un barrote oxidado y hala con toda la rabia del mundo.

Ha escalado el Muro.

La Marimacho lo felicita con palmaditas en el hombro, salta y sale corriendo al matutino. Gilbertón se descuelga callado. Marco saborea un segundo de felicidad sentado en el remate antes de atorarse. No puede colarse entre el barrotaje. No cabe. Aguanta la respiración, mete la barriga e intenta de nuevo. Es imposible. Prueba quitándose la mochila y tampoco. Tendrá que cruzar por encima de las flechas en lugar de escurrirse entre el enrejado.

Nadie queda en la calle, pero algunos chamacos todavía lo miran desde la escuela, incluyendo Gilbertón, que ya se dispone a abrir la bocaza cuando Marco resuelve recular. Con esfuerzo se monta sobre la reja oscilante, bascula y termina por encajarse una punta de flecha entre las piernas. Un hilillo de sangre baja por el muslo hasta teñir de rojo la media. Ahora sí que está en problemas, ensartado sobre el Muro.

—¡Puerquita asada en púa! —grita Gilbertón muerto de risa— ¡La Marquesita Escoto tiene el culo roto!

Suena el timbre del matutino y los pioneritos corren a formar, dejando a Marco solo y ensartado en la altura. Para rematar, la correa de la mochila se desliza por el hombro y cae a la acera. A duras penas consigue desmontar y lanzarse a la calle. Todo le sale mal, se compadece de sí mismo sollozando. Así lo descubre el hombre, sangrante y sentado en el contén.

—¿Qué pasa, niño?

Tuvo que repetirlo tres veces porque a la primera Marco no escuchó la pregunta y a la segunda recordó que la madre siempre había desaconsejado hablar con extraños. A la vencida contestó.

—Me encajé una punta de flecha intentando cruzar el Muro, como César. Ahora no podré ser campeón mundial de ajedrez.

—No entiendo qué tiene que ver una cosa con la otra, pero habrá que curarte pronto esa herida. Vamos, párate. Te ayudo —propuso extendiendo la mano.

Aceptó la mano tendida y se levantó. De pie, sostenido por un puño velloso, Marco advirtió que el hombre era muy alto, más alto que el Muro y probablemente tan duro, con esa delgadez engañosa de músculo y tendón, común en las bestias de presa que conciertan rapidez y potencia. Aunque no sintió miedo, porque el corazón aún corría y las nalgas dolían, especuló que un dedo de aquel hombre era más peligroso que las flechas de la reja o el cuchillo de Gilbertón. En otras circunstancias ya habría levantado la guardia, pero en ese momento de fracaso sintió alivio. Tenía razón el gigante rubio de ojillos negros. Tendría que ir al médico y en el apartamento no habría nadie a esta hora. ¿Quizás el compañero podría acompañarlo al Pediátrico?

Oteando en derredor la callejuela desierta, el hombre contesta que el hospital queda muy lejos, lejísimo, tanto que podría desangrarse y morir en el camino. Es preferible ir primero a su casa, a contener la hemorragia. Él es doctor y vive a unos pasos de la escuela, con su abuelita que hace unos pastelitos de guayaba divinos. Después de vendarlo lo llevará al hospital en su blanco Lada 2103, que se ganó en misión internacionalista en Angola, donde vio hombres hechos y derechos morir por heridas como la suya. Marco se imagina inerte y pálido en la acera, en medio de un charco pegajoso. Voluntad y más cosquillas impiden que rompa en sollozos de nuevo. No había pensado que el peligro fuese tan grande. Por suerte el doctor está aquí.

—Muchas gracias, compañero. Yo me llamo Marco —se presenta educado.

—Y yo me llamo Ismael. Déjame verte mejor.

El hombre que dice llamarse Ismael se acuclilla a inspeccionar el short rasgado, abriéndole los muslos con la punta de los dedos.

—Mmm, qué piel más suave tienes. Espero que esa reja oxidada no te haya raspado los huevitos. Habrá que examinarlos cuanto antes para comprobar si tenemos que extirparlos o basta con vacunarte contra el tétano —anuncia levantándose con la mochila del chico.

Consternado, Marco implora el examen urgente y marchan prestos a casa del hombre que vive muy cerca, en efecto, en una casita escarlata de mampostería y tejas en medio de un jardín encercado y tupido como un bosque. El hombre que dice llamarse Ismael echa un vistazo a ambos lados de la calle antes de abrir la verja, nadie, y repite la maniobra en la puerta.

Penetran y atraviesan habitaciones llenas de cuadros y ornamentos hasta llegar a un cuartucho sin ventanas. Los muebles son antiguos, de una época decadente que Marco conoce apenas de oídas: una cama enorme con cabecero de forja y mesitas de noche, un escaparate de cedro con luna biselada en el centro, una biblioteca de caoba, cobre y cristal atestada de libros, un escritorio secreter de gavetas hasta el suelo y un silla giratoria tapizada en cuero.

—Ve quitándote el short. Enseguida regreso —dice el hombre saliendo del cuarto y cerrando la puerta.

Marco obedece y comprueba aliviado que ha dejado de sangrar, aunque todavía duele un poco. Camina por la pieza y repasa la biblioteca buscando libros de ajedrez:

Así se templó el acero, Bertillón 166 (ese lo tiene papá), Crimen y castigo, Economías políticas. *Éducation Anglaise* (educación inglesa, fácil), Fundamentos y funciones de la filosofía marxista-leninista, El latinoamericanismo contra el panamericanismo, El señor de las moscas, *Histoire de l'œil* (historia de… algo), Hombres sin mujer, Introducción al materialismo dialéctico e histórico, La carne de René, La isla en peso, *La Nausée* (¿será la náusea?). Las tribulaciones del estudiante Törless, *Les Onze Milles Verges* (será las once mil, ¿vírgenes o vergas, ambas incluso?), *Les Cent Vingt Journées de Sodome* (los centavos vienen… algo de Sodoma), Lolita, Lorca por Lorca, Muerte en Venecia, Poesía escogida, Por tu propio bien, Sadismo y moral, Silva discreta variada, Sonetos del amor lujurioso. Suciedad en sociedad, Y si muero mañana.

No, al parecer el doctor no tenía libros de ajedrez. Y el único que había leído de estos era el último, que también lo tenía papá. Quizás en el escritorio.

Lápices, goma, pisapapeles, cortapluma, estilográfica y un cuaderno de notas abierto. Ah, es un poema.

Marcos comienza a descifrar la página garabateada. Oh, <u>Canibalismo</u>. Buen título.

> ¿Qué pasa?
> Cuando ves alguien tan bello,
> y digo sin importar rumores o género,
> que te parece imposible que exista
> que esté ahí, frente a ti.

> ¿Qué hacer?
> Cuando despliega las alas
> y te muestra más que al resto
> Su singularidad, tu complemento,
> miedo a despertarte sin ser un sueño.

> ¿Qué leyes?
> Cuando quieres entrar o tenerlo dentro
> y no alcanzan el beso o el sexo

para obtenerlo y conservarlo
bien trabado, remachado a tu centro.

Que me llamen
bestia salvaje, loco siniestro
y escandalicen al ver cumplir literal
mi deseo. ¿Acaso existe otra manera
de vivir, amar y seguir cuerdo?

Sin saber demasiado de versos, Marco los reconoció malos porque no rimaban ni medían. Pero además de ser malos eran raros, recónditos. Inquietantes. Una angustia repentina le mordió el pecho al recordar que no había visto el Lada blanco parqueado en la entrada ni la abuelita de los pasteles por ninguna parte. Sintió que algo terrible iba a pasar, que se había metido en la guarida del lobo y que ningún leñador lo rescataría. Alarmado tomó el cortapluma del escritorio manoseando el nudo de la pañoleta. Iba a ponerse el short cuando escuchó descorrerse el cerrojo y entrar por la puerta chirriante primero los acordes de una melodía ominosa, que no conocía pero que sonaba conocida, y luego el hombre, sin camisa, con un par de guantes de látex en una mano y un pozuelo de natilla de chocolate en la otra. Le dio tiempo a esconder el cortapluma entre la faja del calzoncillo y el final de la espalda.

—Qué calor está haciendo, ¿verdad? Abuela salió a buscar los mandados pero mira, queda postre de ayer.

Mentira, mentira, fiera mentirosa. Le preguntaría por la música para ganar tiempo.

—Quizás te recuerde la banda sonora de la Guerra de las Galaxias. Es Marte Portador de la Guerra, el primer movimiento de Los Planetas, una suite de Gustav Holst. Como la estrenaron en 1918 algunos piensan que refleja la brutalidad marcial de la Primera Guerra, pero lo cierto es que Holst terminó este movimiento antes de que sonara el primer disparo.

Colocando el pozuelo en la mesita, el hombre celebró el efecto cruel del golpear las cuerdas con el dorso del arco, *col legno* dijo, la atmósfera obscura que generaban la ambigüedad tonal y la disonancia melódica, la primacía estremecedora de los metales, el contraste entre el *ostinato* inicial y la frase principal. Marco fingía prestar atención mientras vigilaba la puerta entreabierta por el rabillo del ojo.

—...justo cuando parece que la fanfarria militar devorará el tono. Sin embargo, —continuó el hombre poniéndose los guantes— esta no es una guerra entre países por un palmo más de tierra. Aquí no hay verdadera armadura de clave. Aquí Marte no es dios o planeta. Es el conflicto interior del sujeto, la batalla íntima entre el Bien y el Mal, el ritual de paso entre el Cielo y el Infierno. Qué guerra mundial ni que ocho cuartos. Es nuestra propia guerra. Trágico, ¿verdad? como la masa renuncia *l'expression* de la individualidad y pretende explicar el arte con la historia. Bájate el calzoncillo y acuéstate bocabajo.

De golpe Marco comprendió por qué no había podido cruzar el Muro. Sin duda esta bestia rubia era el verdadero obstáculo, el río donde debía echar la suerte y jugarse la vida por el triunfo. Ahora sí que la jalea acta es. Sonriendo meloso pide que se vuelva de espaldas. Es que le daba pena que lo viera desnudo. El hombre que decía llamarse Ismael también sonríe, comprensivo, y se voltea llevando el compás del fagot y el contrafagot con las manos en el aire. La melaza endurece y el chamaco vuelve a sentir el sabor de felicidad en la boca, mayor ahora que Magaly, Gilbert e Isabela van achicándose en el recuerdo de otro, de un fiñe que ya no es él cuando escucha un eco leve de pasos y resuelve rápido que es la madre esperándolo tras la puerta, mamá, alentándolo con los brazos abiertos. Con lágrimas de alegría, Marco César empuña el cortapluma y arremete como el hombre que será.

VIII La estupidez de los troyanos

Esto no lo soñé ni lo leí. Nadie me lo contó y a nadie se lo he contado. Me pasó de verdad y ahora se lo cuento a ustedes, ahora que hablamos de hombradas y de Cuba como gorrioncitos posados en la nieve. Ya sé. Estoy un poco borracho, pero cuando estoy sobrio también me pregunto, desde hace años, si es lo mejor o lo peor que me ha pasado en la vida. Ustedes dirán.

Año noventa y cuatro. Ya saben. Apagones, tremenda hambruna, unos yéndose p´afuera, a como fuera, hasta tirándose del Malecón, y otros quedándose ciegos por falta de vitaminas. ¿Cómo era que se llamaba la enfermedad esa? La neuritis óptica, ¿o era la neuropatía periférica? Bueno, yo acababa de entrar al preuniversitario, becado en el campo, claro, y de la casa lo único que traía era el pedazo de pan del fin de semana, tostao para que no se pusiera mohoso tan rápido, y un nailon de azúcar prieta que me salvaba la oncena. Aguazuca, prisma, milordo, munga. Cuando el agua estaba tibia o calentona, le decían sopa de gallo. Limonada, si los conseguíamos, pero era raro que la vida nos diera limones.

De limón, nada, y rutina que tú conoces. Levántate a las seis y media, lávate la boca con bicarbonato y sal, dale al comedor a buscar el desayuno, un jarrito de cocimiento de caisimón, o si estabas de suerte, de Lactoflex. ¿Se acuerdan? Aquello que era un sustituto de la leche y sabía a suero con cáscara de naranja aunque frío se podía tomar.

No, el Lactoflex fue mucho antes del Soyurt. No, tú ya te habías ido cuando aquello. Incluso antes del Cerelac, si la memoria no me falla. ¿No se acuerdan de la canción de Punto y Coma? Con los acordes de *O que será* de la película de *Doña Flor y sus dos maridos*. Oh Cerelá Cerelá/ que nunca será leche ni nunca será/ que eso no te alimenta ni sirve pá ná.

Como sea que haya sido. Formación matutina a las siete y media, saludar la bandera y cantar el himno. Y el director decía algo, efemérides o noticias no me acuerdo, aunque a veces la guagüita Girón de los profesores llegaba más tarde porque se ponchaba y dirigía el matutino el que estuviera de guardia. Y pal campo a trabajar. Casi siempre a guataquear y escardar surcos, que no era jamón vikingo, pero bueno. Chapear marabú, eso sí era de pinga. A media mañana pasaba el aguador y a las once y media virábamos pal albergue. Ducha fría, úntate bicarbonato y alcohol en el grajo, ponte el uniforme y dale almorzar. Por lo regular era una montañita rasa de arroz (con gorgojo), un laguito de chícharos, un matojo de col y un charquito de mermelada de zanahoria. Cada porción perfectamente delimitada por las fronteras pulidas de la bandeja de aluminio. Decían los de doce grado que hasta dos años atrás daban espam, mortadella, troncho o macarela en lugar de col picoteá, pero esos manjares yo nunca jamás los vi en ese curso. Si nos hubieran dao pescao, hubiéramos cantao de felicidad. Dale a tu cuerpo alegría y macarela, eeeh macarela.

Es más, cuando pasó esto, llevábamos una racha de dos semanas alternando papa hervida con yuca hervida. Triste era ver la bandeja con una papa caliente y solitaria en el círculo del potaje, y vacíos los rectángulos del arroz, postre y plato fuerte. Te comías la papa con una pizca de sal y dale a formar pal vespertino. Y te consolabas repitiendo que millones de niños morían anualmente de malnutrición y enfermedades evitables en África, y que la culpa la tenía el criminal bloqueo del imperialismo yanqui.

Era preferible trabajar en el campo por las mañanas porque el sol del mediodía era fundente. Me imagino que por eso nos ponían las clases por la tarde a los novatos de décimo. Cinco turnos de clase de cuarenta y cinco minutos, o cuatro turnos si había faltado o dejado el trabajo algún profesor, que sucedía con frecuencia. A mi grupo siempre le tocaba Marxismo, Literatura o Historia al final, y supongo que pasó lo que pasó porque el hambre nos ponía metafísicos. A esa hora la papa hervida se había evaporado hacía rato. El caso es que la gente se acaloraba por cualquier nimiedad y debatían como si le fueran a dar un bistec al que ganara la discusión.

A discutir de lo que fuera, del tamaño del caballo de Troya y de la estupidez de los troyanos. De qué hubiera pasado si los ingleses se hubieran quedado con La Habana cuando la Toma. De quién hacía de macho, Patroclo o Aquiles. Y por qué el poema se llamaba *Espejo de Paciencia*. Y cómo apareció el burro de Sancho si lo había robado el tal Pasamonte. Yo no participaba en esas discusiones tan bizantinas, cuando aquello estaba más puesto pal boquete y las jevitas, pero muchos se las tomaban súper en serio.

Dicho esto, no vayan a pensar que eran discusiones a capa y espada. Eran simulacros de discusiones de verdad. Seguro que ustedes han visto alguno de esos debates por debatir. Vaya, no sé, yo creo que nos desahogábamos con temas remotos y triviales. Los profesores no intervenían, o poco, por indiferencia, o cansancio, o resaca, o todo junto. Pero ese día la cosa fue diferente. No sé muy bien cómo empezó, porque yo me sentaba al fondo y tuve un ataque de hipo, y pedí permiso para ir a tomar agua. Salí y me tomé un vaso en trece tragos, uno atrás del otro como recomendaba mi abuela. Y nada, me seguía. Al regresar ya la clase parecía calientica porque el profe estaba colorao hablando de la reforma agraria y de las vacunas y de la campaña de alfabetización y de la suerte que teníamos de vivir en nuestro país, primer territorio libre de América.

Yo, que estaba concentrado en el hipo, no presté gran atención y probé con aguantar la respiración y recordar los nombres de siete viejas, Adelfa-Bernarda-Cayetana-Dorotea-Epifania-Faustina-Griselda, como también me enseñó abuela. Nada. Y mi socio Léster diciendo algo del divorcio y del ferrocarril en Cuba primero que en España y del PIB en el 58. Probé tirándome una oreja p´arriba y otra p´abajo. Nyet Tovarisch. Y el profe que las medallas en los Panamericanos del 91 y en Barcelona 92 y la onda de David. Le pido al Juanca, que se sentaba al lado, que me dé un susto y nada, tampoco funciona. Elemental, mi querido Watson. Y Robertico que Font y Capablanca y la balsa de Kon-Tiki. En eso se voltea Yaíma de la mesa d´alante y abriéndose dos botones de la blusa se apechuga las tetas y me susurra una frase que recuerdo como si la tuviera delante,

—Si el hipo no se corta antes que termine la clase, esta noche nos vamos tú y yo al río, a templar.

Y enseguida se me cortó el hipo.

Qué tipa la Yaíma, rubiecita natural con aquellas tetas en gravedad cero. Todavía me hago pajas pensando en ella. Disculpen, eso no viene al caso. Lo que importa es que el profesor estaba diciendo que Martí decía que las revoluciones se firman con la pluma en las escuelas y el arado en el campo, y de pronto se levanta Alicia y dice que Martí también había dicho que cuando un pueblo emigra sus gobernantes sobran. Yo aplaudí, porque el dicho me pareció tan precioso como ingenioso el truco de Yaíma, y porque ella aplaudió, igual que los discutidores. Maldita la gracia que le hizo al profe. Se berrea, suspende la clase y que Alicia vaya a hablar con el director, o no, mejor que lo acompañemos los cinco a la dirección: Roberto, Léster, Alicia, Yaíma y yo. Por suerte, cuando llegamos nos dice la secretaria que el Cabeza de Puerco (así le decíamos a escondidas al tipejo) se había ido temprano a una reunión municipal del Partido con el viejo Jotavich, el subdirector.

Rober y yo le rogamos al profesor que se olvidara del asunto. Y él que no, que aquello era algo muy grave, un diversionismo ideológico, había que llamar a los padres y seguro que nos iban a expulsar de la Juventud y hasta de la escuela. Léster que las personas hablando se entienden. Y el profe que ya habíamos hablado demasiado. Y Yaíma que por qué no íbamos a la cátedra, a conversar tranquilos y resolver el problema como personas civilizadas. Accede y vamos cabizbajos, como ovejos al portón, pero apenas entramos Yaíma nos pide que la dejemos sola con el profe.

Solos los dejamos, y nos sentamos a esperarla en el borde de la plaza, a la sombra. Y nos ponemos a debatir qué hacer si nos botan del preuniversitario con mancha tan negra en el expediente que nunca jamás entramos a la universidad, que a fin de cuenta es pa´los revolucionarios. Para Léster y Robertico irse o quedarse era la cuestión. Ja, sufrir los golpes de la odiosa hambruna o enfrentar un mar de tiburones. Entre irse y quedarse duda el día, nos recitó Alicia que por entonces no pensaba en irse. Yo perdí una magnífica oportunidad de quedarme callado y abrí la boca para decir que igual tendríamos que hacer algo si nos expulsaban. Un gesto de reconciliación con la dignidad. Un Patria y Vida aunque perdiéramos el quedarse en el irse. Los otros se embullaron y empezaron a proponer ideas.

Cuando Yaíma nos encontró, el plan estaba listo, más o menos. Nos habíamos entusiasmado y solo nos faltaba escoger el libro, pero casi nos apendejamos cuando nos dijo que todo estaba resuelto. Había convencido al profe y no iba a pasar nada. Borrón y cuenta nueva, nos repitió estirándose la saya. Le contamos lo que habíamos planeado y tanto la entusiasmó (y tanto sentíamos que le debíamos) que decidimos seguir con el plan. Léster insistía en poner la traducción del 73 del *Capital*, y Robert decía *Cecilia Valdés*, que había tomado "prestada" entre comillas de la biblioteca. Alicia sugería *Historia de una pelea cubana contra los demonios*, que tenía la edición sana en la maleta de palo. Y yo que fuera el *Quijote*, primer libro impreso por la revolución. Parecía que iba a convencerlos, pero Yaíma habló de la inocencia perdida, de la pureza, de la utopía y propuso *La Edad de Oro*. Todos aceptamos.

Tuvimos que esperar varios días para que se dieran las condiciones ideales, pero aprovechamos el tiempo en los preparativos. Ali pidió pase y regresó con un arca metálica que había estado en su familia desde el tiempo de Ñañá Seré. El Robert se robó una bandeja del comedor una tarde que le tocó fregarlas, y Lestat le abrió dos agujeritos con un clavo y un seboruco. A mí me tocó cavar el hueco, al pie de una palma real a la derecha del trillo que lleva al río. Sin pala ni pico, me las ingenié bien con la guataca. Finalmente el olvido coincidió con un apagón y pudimos hacerlo un jueves por la noche.

Nos tocó una noche rara, de esas nubladas que dejan ver retazos de luna y con rachas de un viento que huele a lluvia. Llegamos a la plaza oscura por separado. Léster zafó la driza de la cornamusa y arrió la bandera que había quedado olvidada en el asta. Supongo que todos teníamos un poco de miedo, pero a mí me parecía tener un mucho de pavor. Temblaba como una hoja mientras saludábamos la bandera, pues insistieron en guardar protocolo, hasta que Yaíma me dio la mano y me calmé. Roberto y Alicia la doblaron, tomándola por las cuatro puntas, doblando por la mitad en horizontal, de nuevo la mitad y en triángulos hasta el final. Ella sostuvo la bandera con ambas manos contra los pechos, abrazándola, mientras titubeábamos el próximo paso hasta que Yaíma habló.

—Iza la bandeja —dijo en singular como si fuera una orden dirigida a sí misma.

Entre los **varones** anudamos los ganchos a los agujeros de la bandeja. Léster la izó hasta que tocó el gallardete y ahí la fijó rígida y vacía, reluciendo en la oscuridad con el mismo brillo opaco del asta. El resto fue mucho más fácil. Custodiamos la bandera hasta la palma donde nos esperaba escondida el arca. Alicia la depositó doblada en el fondo, con el rojo y la estrella mirando al cielo. Yaíma puso *La Edad de Oro* al lado, la edición vieja de las dos niñas en la portada.

Ahora entiendo que sentíamos la necesidad de hacer o de decir algo solemne, porque cuando Robertico habló de un pacto de sangre nadie se rió. Nos pareció una idea muy adolescente, eso sí, como si nos dieran vergüenza nuestros quince años. Meses después Léster me confesó que él iba a proponer cantar el himno nacional cuando Alicia se le adelantó:

> Dulce Cuba en tu seno se miran
> en su grado más alto y profundo,
> la belleza del físico mundo,
> los horrores del mundo moral.
> Yemayá asesú, asesú Yemayá.

Sí, es una estrofa del *Himno* de Heredia, pero entonces yo no lo conocía y creí que era de Alicia misma, de su país de poesías, porque no la recitó, no. La dijo despacito, como hablando con una vocecita entre decidida y llorosa, la dijo como desprendiéndose de cosas detenidas, sí. En cuanto terminó, enterramos el arca cubriéndola de tierra con las manos y apilando un par de piedras encima.

De vuelta al albergue empezó a tronar con relámpagos y Yaíma me pasó el brazo por la cintura. El aguacero nos sorprendió a punto de brincar la cerca de alambre púa y ella saltó cantando al ánimo, al ánimo, la fuente se rompió. Al ánimo, al ánimo, mandarla a componer. Nos besamos con el uniforme pegado al cuerpo y el cuerpo pegado al cuerpo mojado del otro.

—Urí urí urá, la muerte va a pasar —dijo escurriendo la lengua— los de alante corren mucho y los de atrás se quedarán.

Yo creo que cantaba para convencerme de que todavía

éramos niños, aunque hubiéramos enterrado la bandera cubana con *La Edad de Oro*, que todavía éramos la esperanza del mundo, aunque hubiéramos izado una bandeja de aluminio en su lugar, que éramos puros aunque ella no acariciara precisamente una flor blanca con su manecita de nácar.

No sé, ahora que lo cuento creo que, después de Eva, es lo mejor que me ha pasado. ¿Tú dices que no?

Bueno, compadre, ¿qué quieres que te diga? Martí dice, en alguna parte, que el más valioso de los derechos civiles es el derecho a cambiarlos, pero se le olvidó decir que el más peligroso es el derecho a no ejercerlos. Yo digo que Cuba es tan estrecha que tuvimos que irnos, tan larga que hasta aquí nos alcanza y tan grande, espero, que caben tu opinión y la mía con un par de cervecitas en el medio.

IX Continuidad de la biblioteca

Sentado en la esquina más poblada de la biblioteca, Rodrigo Ledesma ajusta el inicio de su próxima novela. La próxima o la primera, según se mire, porque las dos anteriores siguen inéditas, y ocultas en una carpeta invisible, por si intentan hackear el portátil; y copiadas en una memoria USB enmascarada en el llavero, por si lo roban; e impresas y escondidas bajo llave en casa, por si lo asaltan; y en un disco duro externo, con el testamento en la caja fuerte del banco, por si lo matan. Pero los rechazos de las editoriales esquivas no impacientan al prudente Rodrigo quien, obedeciendo las instrucciones de *Writing Fiction for Dummies*, ha desterrado el sintagma *escritor inédito*. Él no es un personaje como Leopoldo. Él es un escritor. Cuando publique se convertirá en autor.

La primera es una novela de formación, *Bildungsroman*, como precisa a quien le pregunte, aprovechando para dejar caer que estudió alemán hace muchos años. Vale, recuerda solo palabras aisladas y frases sueltas que vienen y van de repente. La novela se titula *En cercanía de albergue* y aborda la vida de Léster Rodríguez, un huérfano (el padre fusilado en la Limpia del Escambray, la madre colgada de una viga siete días después) criado por la tía materna y su segundo esposo, sendos y fervientes fidelistas, integrados hasta la masmédula en la nomenklatura espinal revolucionaria, y con relaciones en el Ministerio de Relaciones.

Al principio Rodríguez parece medio tonto, o tonto y

medio. Tartamudea, bizquea, cojea, y es blanco frecuente de burlas y maltratos en la escuela y el hogar. Al pasar las páginas, se va espabilando con la ayuda de un vecino que le enseña boxeo y ajedrez. Hace frente a los abusadores escolares y hogareños, crece, besa a una chica, ingresa en la Juventud Comunista y, tras dos permutas vocacionales, en la Facultad de Ingeniería donde pondera en aburridos monólogos las semejanzas entre el turismo, el socialismo y los puentes. Al graduarse lo envían a trabajar en la mina de El Cobre, pero la Virgencita tiene otros planes. Junio del año 1980. La crisis en la embajada peruana ha parido el éxodo masivo por el puerto de Mariel. Una flotilla de embarcaciones floridanas transporta la masa hacinada y anhelante de una bocanada de libertad, o la escoria de la sociedad socialista, también según se mire. En las páginas finales, Rodríguez contempla la orilla desde la lancha que se aleja y comparte con estelas de espuma la nota suicida de la madre, grabada en el recuerdo antes de quemarla cuando la encontró en la viga.

Disculpable hasta entonces, pero en el último párrafo el yo narrativo desliza una cita de Freud sobre la necesidad de los niños de inventarse una novela familiar, de forjarse circunstancias traumáticas que cimienten el mito de origen y enaltezcan a los padres cuando notan sus insuficiencias y poquedades. La cita desborda la copa de contradicciones y omisiones acumuladas en el texto, y un lector suspicaz podría releer la novela y concluir que los auténticos padres son los tíos, que el narrador-protagonista es un maldito neurótico que ha concebido un trauma fundacional para legitimar el asco que le producen sus progenitores *an ihren Früchten sollt ihr sie erkennen.*

Empezó alto y envió el manuscrito a los concursos de Planeta, Alfaguara, Destino y Anagrama. No hace falta decir que ganó paciencia, no premios. Luego probó suerte en otras cuatro casas editoriales que le cerraron puertas y ventanas, aunque alguien en la última editorial lo tomó en

72

serio y a la negativa adjuntó un Informe de Lectura que recomendaba mutar el narrador a tercera persona, reducir el uso de localismos, definir un género, eliminar las insinuaciones freudianas, extender la iniciación sexual, reforzar el alcoholismo y explicitar los crímenes. Además, urgía el informante anónimo, que leyera *Of Human Bondage* y que saliera a tomar el sol de vez en cuando.

Plenamente convencido de que la literatura actual era un vil negocio carente de profundidad, nuestro novelista no cambió una coma, archivó el manuscrito y renunció doliente a la escritura, acaso consolado por el recuerdo de Lorca, cuyo primer libro pagó el padre porque nadie quiso botar dinero.

No obstante, explicó Agustín, el mero hecho de existir en la Ciudad de Dios solo es placentero para los animales inocentes, desde los temibles dragones hasta los humildes gusanos. El hombre culpable de humanidad cree, necesita creer, en la Creación. Los meses pasaron, los consejos calaron y, si bien tendía a la soledad, el escritor comenzó a tomar notas, a sostener diálogos imaginarios, a frecuentar conferencias y lanzamientos de literatura. En la presentación de la opera prima de un escritor (es decir, de un autor) con menos años y kilos que él, Rodrigo encontró una nueva motivación para escribir: el resentimiento o la envidia, igualmente según se mire. Mientras la joven promesa de las jóvenes letras chicanas explicaba que su *roman à clef* trataba del eterno conflicto entre el amor y el deseo en unos paisajes urbanos donde la nostalgia por las vanguardias poéticas funcionaba como una expresión de vanguardismo en prosa, Rodrigo experimentó un malestar amorfo en el estómago que fue creciendo y subiendo por el esófago al constatar cómo unas chicas, de razonable belleza, miraban extasiadas al discípulo declarado de Kundera.

Al llegar la media hora de preguntas, el escritor escupió acusaciones de *Künstlerroman* disfrazadas de observaciones condescendientes que, para su desmayo, no reorientaron

73

la atención femenina y que fueron esquivadas por el autor hablando mal de la prosa de Bolaño. Entonces se levantó un chileno con pinta de poeta que mandó a la chucha el eterno conflicto entre el amor y el deseo, mentó airado la concha de la madre del autor y recalcó enfáticamente que Bolaño era la raja. Las palabras no pasaron a pescozones porque el presentador, un librero brasileño de corpulencia y estatura respetables, llamó al orden invocando la unidad latinoamericana y entre abrazos terminaron ventilando si el realismo era representación interpretada de la realidad, representación de la realidad interpretada o interpretación de la realidad representada.

Del incidente Rodrigo sacó bríos para comenzar su segunda novela, un relato policial bastante confuso a pesar del narrador en tercera persona, sobre la desaparición de unas gemelas no tan idénticas. El detective, un gordinflón pelilargo, libidinoso y rozagante de ínfulas intelectuales, entrevistaba a un sospechoso por capítulo estableciendo impecables coartadas y endebles motivos en un santiamén o dos para embarcarse luego en las más peregrinas charlas. Con el confesor español de las nenas comentaba en detalle la relación entre las *Reglas y ordenanzas de Santa Fe de México y Michoacán* y *De optimo rei publicae deque nova insula Utopia*. Con el bibliotecario argentino discutía si las oposiciones dieciochescas continentales, dígase el rechazo del laicismo y la soberanía versus la aceptación del cientificismo y el enciclopedismo, invalidaban las tesis de una ilustración hispanoamericana. Con el abogado mexicano comparaba las promesas del napoleónico Estatuto de Bayona con las promesas de la católica Constitución de Cádiz para estas colonias que no eran colonias o factorías, pero tampoco eran provincias. Así por el estilo con la peluquera cubana, el dietista colombiano, la mucama venezolana, el jardinero uruguayo, el mayordomo chileno y la cocinera peruana. En el transcurso de la investigación Anselmo, el detective, pierde peso, pelo y potencia hasta volverse un costal calvo de huesos blandos, y hacia el final degenera el pobre en la convicción esencial del alcohol y en la duda existencial de las desaparecidas. La narración lo describe vagando por un parquecito infantil, musitando entre incoherencias de borracho que la Historia la escriben los vencedores y la novela histórica los perdedores, cuando vislumbra a las dichosas mellizas, columpiándose impasibles unos pasitos hacia la derecha. Avanza anulado por eructos, vahídos y máximas sobre la modernidad y la democracia hasta ellas; cae de rodillas, talado, derrotado *und ins Feuer geworfen*; y el narrador le permite desenfundar la pistola con una sonrisa perseguida por el punto final.

Volvió a primar la esperanza sobre el juicio, y Rodrigo presentó *La desaparición de Anselmo* al premio NovelPol, al RBA de Novela Negra, al Getafe y al Wilkie Collins con resultados conocidos. Siguió la ronda negativa de las editoriales y recibió otro Informe de Lectura. En esta ocasión el informante anónimo felicitó sus progresos, insinuó que eran lógico resultado de seguir a pie juntillas los consejos del Informe anterior, y recomendó restringir la omnisciencia del narrador, dejar a un lado las fábulas alegóricas, leer *The New York Trilogy*, amén de seguir tomando el sol con frecuencia. Asimismo, proseguía, el escritor debía poner mayor esmero en la construcción del (anti)héroe. Necesitaba un protagonista irresistible que enfrentara obstáculos significativos y reconocibles por los lectores en función de su propia experiencia humana, nacional, racial, genérica o sexual, o todas mezcladas en dosis tolerables. Para que las experiencias narradas y leídas enriquecieran al lector y al protagonista, simultáneamente, tendría que combinar la imaginación con sus circunstancias vitales y limar tanto el maniqueísmo cuanto la ambigüedad de los personajes hasta producir fidedignos retratos de la psique humana. Pero el final no debía ser demasiado triste ni feliz, para sugerir que el camino del (anti)héroe es muy difícil, pero enaltecedor. Y viceversa.

Dudando entre archivar y destruir el manuscrito, volvió a deprimirse Rodrigo pues el yo autoral que designaba él afirmaba que *La desaparición de Anselmo* era perfecta, y que los atributos de la perfección incluyen la publicación y la venta. Si esta es la mejor novela que puedo escribir, razonaba él, no tiene sentido continuar. Es evidente que el orgullo herido le impedía recordar las dos objeciones más elementales. Primera, ¿existe la novela perfecta? Segunda, ¿es realmente la publicación un atributo de la perfección? Por suerte, por esos meses tuvo un breve idilio con una damisela, Isabel decía llamarse, quien restañó el orgullo, evocó las objeciones, animó el regreso a la novela, porque estaban en exilio, y a freír espárragos los memos de los concursos y el bestia del informante. Además, todos los editores de Buenos Aires rechazaron *El túnel* hasta que la revista Sur se compadeció de Sabato.

Cuando Isabel regresó a Barcelona, Rodrigo se confesó frente al espejo que le molestaba la oscuridad y, para no comprometer su visión del arte, decidió reescribirse como si fuera uno de sus personajes inéditos. ¿Cuál es la palabra justa? Un *Doppelgänger*. Valor, escritor y futuro autor, valor. Ahora despreciaría la canción popular y parafrasearía las letras de moda. Desistiría de afrontar la literatura en cada página y escribiría una docena diaria. Asistiría a eventos para hacer relaciones, sondear las tendencias y pescar frases ingeniosas. Renegaría el perfume singular de la mierda propia y celebraría las evacuaciones ajenas. Bienvenidos el Blog y el Twitter. Renunciaría a sus clásicos y seguiría con fervor interesado la lista de ventas. Es sabido que nada de esto garantiza el éxito, pero el nuevo *él* agregó un último rasgo que redefinió el nuevo yo textual: asumiría la pesadísima responsabilidad del escritor con el grácil encanto del seductor.

La tercera novela sería un ejercicio de seducción desde la primera oración, que por crucial convenía dejar para el final, hasta el último punto. La primera oración que se propone al lector, reflexionaba el doble escritor, es como la primera línea que uno le dice a una chica desconocida en un bar. O a un chico, no a la discriminación. Después del hola y del cómo te llamas, mejor antes, quieres decirle algo que se traduzca en una cláusula al donjuánico modo: mira-qué-interesante-soy, cuánto-placer-prometo. Vamos a divertirnos y, si te interesa, vamos a crecer y aprender. Tú, tú misma, tú eres la verdadera protagonista de esta historia, escrita para ti y aplaudida por todos. Atrás quedan el miedo, los complejos y la soledad. Ven, sígueme, descubramos juntos el sentido de la vida inscrito a flor de piel en la reunión de la carne. Y hay que decir todo esto sin mostrar con excesiva obviedad ni cursilería que solo quieres llevártela a la cama templada (*hardcover edition*), o al baño del antro (*ebook immediacy*), según convenga al mutuo consentimiento. Aunque a veces funciona el desparpajo, porque tantos lectores que se las dan de castos en la calle se descocan en casa para sentirse abiertamente deseados desde la primera frase.

Invítalos a follar en olvidados lugares de La Mancha, a interrumpir siestas heroicas con un buen revolcón, a pichar con violencia antes de apasionarse por una mujer, a garchar contra la puerta encristalada de vidrios japoneses, a chimar alumbrados por la lumbre de Luzbel, a coger en páramos fantasmales de Comala, a templar recostados en proa junto a la guillotina que revolucionará el Caribe, a comerse vivos frente al pelotón de fusilamiento, a pajearse con la mano que separó los tules, a cachar en el justo momento que se jodió el Perú, a echarle un polvo a la niña que ya no es tan niña sabiendo sin querer lo que pasará luego. Ellos, que escriben novelas dizque para explicar el mundo, y tú, que lees para comprenderlo y que presumes reconocer las referencias, ¿estás seguro de no estar leyendo una? No.

No, demasiada metaliteratura para un primer párrafo. La novela está terminada, pero habría que empezarla con menos bombo.

Oscurece la ciudad inmensa, y la biblioteca acechada también se apagará pronto. La última mujer se levanta tras besar con suavidad el adiós de la infanta absorta en la historia de una niña enferma, *die Kindliche Kaiserin*, que agoniza en su torre de marfil. En la esquina despoblada quedan el **varón** oscuro y la chiquilina nívea dándose las espaldas. Ella lee un final repetido con deseos de rescribirlo. Él rescribe otro principio con ganas de ser leído. Sin verse, sin escucharse, sin decirse una palabra cifran y descifran letras lejanas del mismo libro, ajenos ambos al hombre que viene a recordarles cuán peligroso puede llegar a ser un hombre redundante. No.

No, maldita tentación del lirismo. A costa de indecibles fatigas y pérdidas, el escritor ha economizado los billetes necesarios para convertirse en autor.

Rompió el cerdito cebado con monedas, empeñó los anillos buenos, vendió los libros heredados, redobló turnos en la obra, trocó sangre por dinero, acumuló la cantidad anhelada; consciente de la eterna cercanía del punto final resolvió cumplir su sueño pronto, justo apenas terminara la rescritura del principio. Ah; cuidado con la velocidad de los sueños; un sueño apremiado es como esas lucecitas en la carretera, que al acercarse demasiado rápido se vuelven una pesadilla angustiosa, se tornan un horror acelerado y dan a sombra una niña dormida. *Dein Reich komme*. Al verlo en el umbral ella cerró los ojos, como si el gesto pudiera borrar al hombre sin nombre y al arma sin alma que sujetaba. La pluma afilada ensombreció la blancura mientras gritábamos la única palabra que desde siempre nos ha pertenecido. NO.

No. La principal enemiga de la verdad no es la mentira ni la ignorancia. Es la presuposición de inteligencia.

Para Francisco Laucirica

X ¿Qué es el Latinoamericanismo?

Menuda pregunta para el ensayo del lunes. Un amigo contribuyó que era la salida del hispanoamericano de su minoría de edad. Como le brillaban los ojos, recelé un donaire y, tirando la cuerda de Kant que me tendía, le pedí que me definiera la minoría de edad. Naturalmente apuntó hacia el colonialismo.

—La minoría de edad es nomás la incapacidad de auto-determinación, —declaró con seriedad— la doble sujeción al legado intelectual europeo y al control económico norteamericano.

Aunque remató la novedosa revelación con una mueca que contradecía la confianza, a Enrique se le esfumó cualquier vestigio de socarrón neokantiano cuando un tercero que escuchaba (Francisco, neohegeliano por más señas) lo contradijo:

—El Latinoamericanismo no es salida sino entrada: la entrada de una cultura subalterna en la globalización.

Tras un par de minutos de insultos cruzados, donde salió a relucir que los mexicanos descendían de los aztecas (de los nahuas si acaso, especifiqué para mis adentros) y los argentinos descendían de los barcos, conseguí calmarlos y convencerlos de guglear el término. Así encontramos una definición en un diccionario de estudios culturales que indefinía con precisión ambas acepciones en diez columnas de ambigüedades. Ninguno quedó muy conforme. Tal y como lo planteaba aquella alforja de pobretes, el extraño caso del latinoamericanismo se parecía demasiado al caso del doctor Jekyll y el señor Hyde. Primero aparece un hombre de estudios que analiza la producción cultural latinoamericana y su recepción en el ámbito norteamericano entendido como el rasero global. Luego, el buen doctor bebe la poción del compromiso político y se transforma en el mal salvaje que llevaba dentro, es decir, en una licenciosa ideología vernácula. En el mejor de los casos, en…

—En la relación entre el sujeto latinoamericano y el objeto Latinoamérica; —intercala Francisco inspirado— che, son las 4:20, subamos a la azotea a fumar un rato.

A la segunda vuelta acordamos que el civilizado y el bárbaro compartían cuerpo. La mayor incompatibilidad era de orden preposicional. La connotación sociopolítica se producía *desde* Latinoamérica y la sociocultural *sobre* ella. Bien que estas perspectivas de enunciación no eran físicas en cada caso, el desplazamiento desde el telurismo hacia los bordes del cosmopolitismo generaba muchas tensiones.

—"La tensión entre lo global y lo local, lo central y lo periférico, lo dominante y lo subordinado, lo colonizador y lo colonizado" —recité a Nelly Richard— Y trolololo.

A Francisco estas tensiones le recordaron los debates entre Cortázar y Arguedas sobre el espacio de creación de nuestras literaturas. A Enrique las tensiones lo remitieron a los debates entre Salazar y Zea sobre la originalidad y la autenticidad de nuestra filosofía. A los tres nos pareció insoportable la tensión en el estómago y resolvimos bajar a la cafetería.

Entre bocados maleducados de hamburguesa propuse que las tensiones y el desdoblamiento espacial eran una expresión externa de los dilemas de la misma entidad. Más allá de sus desavenencias, ambos latinoamericanismos alegaban un mismo objetivo: promover la igualdad, sea de tipo nacional, social o representacional. Y ambos partían de una misma hipótesis de trabajo, la existencia comprobable de un objeto a transformar o estudiar, Latinoamérica, cuyo vínculo con el sujeto se establecía desde y sobre la cultura, en todas y ninguna de sus acepciones.

Francisco masticaba con una sonrisa. Enrique bebió un trago de cocacola antes de ripostar con libro en mano.

—No mames, güey. Fernández Retamar abre el primer párrafo de *Calibán* ridiculizando una pregunta: ¿existe la cultura latinoamericana? Hace bien, porque cuestionar la existencia de la cultura implicaría cuestionar la existencia de los latinoamericanos, *nuestra realidad humana misma*. Sin duda, la pregunta es limitada. El grupo etnolingüístico preponderante en una región siempre generará una esfera de cultura correspondiente por muy heterogéneos que sean los emisores. Más provocadora es, ¿existe Latinoamérica?

—Meramente provocadora, —interfiere Francisco— pues esa pregunta tiene limitaciones parecidas. Por supuesto que una entidad comunitaria existe como producto material en cuanto se concibe en el plano ideal, por muy difuso que este plano sea. Las cuestiones que se plantean ambos latinoamericanismos son más amplias y complejas: uno, detallar las propiedades del objeto Latinoamérica para, dos, resolver las categorías del sujeto latinoamericano y finalmente explicar las relaciones entre…entre…

Sin verla, supe que me iba a enamorar por el corte tartamudo de la locuacidad rioplatense. Enrique y yo nos volteamos y seguimos la mirada del orador boquiabierto. Allí estaba, escogiendo un croissant en el mostrador. Erguida, rotunda, hubiera pasado por modelo alimentada de no ser por la explosividad controlada del andar y por el descuido campechano del vestir. Busto abundante, no lo tenía ¿pero qué importaba el busto con aquellas caderas? Silueta triangular y nalgas respingonas, de las que justifican los horrores de la trata negrera y tiemplan el acero. Nalgas que pregonan a la mestiza caribeña cuyos labios espesos corroboran. A más de tanta sensualidad, derrochaba esa aura de sensibilidad e inteligencia que conceden unas cejas cimbradas y negrísimas, en particular cuando asoman sobre el borde de unos espejuelos cuadrangulares y negrísimos. Bajo el brazo cargaba con una antología de la segunda ola del feminismo.

Del libro me enteré luego, en la misma fiesta que me dijo el nombre, Alicia, y que hacía una Maestría en Religión Comparada con especialización en Género y Femineidad, y que escribía su tesis sobre el sincretismo cubano, y que también le interesaba estudiar la solapada omnipresencia del patriarcado.

Por ejemplo, me explicó, cuando un hombre usa la mano izquierda para tomar la mano derecha de una mujer. Al controlar la mano dominante de la mujer (a menos que sea zurda, pensé) y dejar libre su propia mano dominante (a menos que sea zurdo), el hombre se reafirma como la mitad activa y curtida e induce a la mujer a un estado de pasividad y delicadeza.

Meses más tarde, cuando me contó en la intimidad de una noche que su auténtico apelativo era Abila y que su obra favorita era *Yerma*, descubrí que aquellos espejuelos no tenían aumento ni propósito práctico alguno. No se lo tuve a mal, al contrario; recuerdo pensar que no solo era sensible e inteligente, también tenía buena vista.

—No obstante —se recuperó Francisco al perderse la imagen aún innombrada de Alicia— con anterioridad a considerar estas interrogantes, viste, es preciso lidiar con la primera paradoja de Latinoamérica: la colonización conforma sus propiedades principales y al mismo tiempo establece las objeciones primarias que le impiden cumplir sus propósitos. Lo más probable es que esta paradoja no tenga solución, —concluyó poniéndose tristón— pero lo más honesto sería enfrentarla, no evitarla.

Pagamos y caminamos silenciados hacia la biblioteca, contemplando la fila de afiches que nos invitaban a una exposición de tesoros incas en Montreal, un semestre de intercambio en Frankfurt, un congreso de hispanismo en Buenos Aires, una conferencia de humanidades digitales en Nueva York, un seminario de filología en Madrid.

—Quizás sea un problema de metodología —propuse con más ganas de romper el silencio que de convencer. La deuda del latinoamericanismo originario con el marxismo pasado por Lenin es muy grande. Conocen el argumento: el imperialismo como una fase superior del capitalismo, relaciones desiguales entre metrópolis y (neo)colonias por materias primas y mercados. La inequidad internacional reproducida a niveles nacionales. Al controlar los medios de producción y el capital, las oligarquías locales ejercen un control político que incrementa la disparidad social con el proletariado. Por tanto: si el capitalismo es un hecho económico, el latinoamericanismo es un hecho moral que regionaliza al socialismo en la búsqueda de igualdad y de unidad.

—Che, pero el segundo latinoamericanismo también contrae esas deudas remotas, —me interrumpe de nuevo Francisco— Si leés cualquier artículo posterior al debacle soviético, notás enseguida el post-marxismo pasado por Gramsci porque la globalización y el descrédito de los proyectos socialistas relegan la narrativa de lucha de clases. En una Latinoamérica con altos índices de desempleo, subempleo, precariedad, nomadismo y migración laboral, la categoría *proletariado* deja de funcionar como referente, si alguna vez funcionó. En cambio, en una Latinoamérica que incluye la población latina residente en los Estados Unidos y Canadá, la nueva categoría *subalterno* permite incluir no solo a desempleados, igualmente admite otros reclamos diferenciales de igualdad que el proletariado marxista homogeniza hasta borrar. El mensaje entre líneas es otro: si el capitalismo es un hecho económico inevitable, el latinoamericanismo es un hecho ético-político que humaniza al capitalismo.

—Venga, tío, —interviene Jesús, un hispanista que escuchaba escondido tras un volumen de Calderón— antes preguntaos qué significa la categoría *latino* y concluid luego que ambos latinoamericanismos son otra forma de leer la Historia, de abajo a arriba y de izquierda a izquierda. La filosofía de la historia detrás del latinoamericanismo se empeña en explicar la existencia y la persistencia del Mal económico, político y social. Es una especie de teodicea secular inclinada políticamente hacia los diversos grados de la izquierda. Una inclinación imprudente, si me preguntáis, no porque sea la izquierda declarada y desacreditada, sino porque suele ser una izquierda intuitiva e inconstante, empeñada en cambiar el mundo sin interpretarlo antes, obstinada en imponer el idealismo en un mundo que llama materialista.

Que nadie le había preguntado, fue lo primero. Luego protestaron que solo un gilipollas propondría que la vida era sueño, lo cual parecía un golpe bajo, y que hacía falta ser otro gilipollas, lector del primero, para sugerir que la izquierda latinoamericana era inconsciente. Por lo demás, inspiraban los mismos deseos de cambiar el mundo y de olvidar su interpretación los niños que hoy trabajan en las minas peruanas y maquiladoras mexicanas, que los niños que en 1848 trabajaban en las minas francesas y textileras inglesas.

—Vale, vale, aunque no me negareis que hablar de la subalternidad intelectual que una Europa hegemónica asignase a Latinoamérica desde la colonización, es olvidar buena parte de la historia en beneficio de la historieta.

—Esa tal Europa que, —prosiguió Jesús avanzando el torso y mirando de reojo a una bibliotecaria que nos miraba de reojo— en verdad os digo, significa regiones de Inglaterra, Francia y luego Alemania, también nos relegó a España. A pesar de que América Latina se haya llamado las Indias, parece harto errado que apliquéis reflexiones postcoloniales a partir de la India, habida cuenta de dos diferencias cruciales: en primera, la subalternidad de las nuevas repúblicas se origina desde la propia alteridad de su antigua metrópoli; árbol que nace torcido, en segunda un detalle crucial, la colonización de las Indias Occidentales y de la India se realizó en distintos siglos y bajo modelos económicos muy diferentes.

La bibliotecaria se lleva el índice a los labios y el hispanista cuchichea más bajo.

—Sabéis, a menudo se alude a la famosa tesis hegeliana, América como un continente inmaduro e impotente, para ilustrar el menosprecio decimonónico europeo. Se olvida que en el mismo texto Hegel divide la América en dos: un norte rico, industrioso y Protestante, que es producto de la *colonización* de Inglaterra, y luego un sur desunido, volátil y Católico, resultado de la *conquista* de España. A pesar de...

En eso llega una quebeca rubicunda, besa en los labios al orador y le cuchichea una frase al oído. Ponemos caras de reproche, regocijo y rencor mientras el hispanista se despide con cara de disculpa. Los vemos alejarse, tomados de la mano. Tras unos segundos Enrique consigue deshacer el ensalmo.

—Puff, el latinoamericanismo *avant la lettre* ya había considerado la diferencia. Los primeros reclamos de progreso, independencia y unidad se distancian de España sin negar a Europa. No en balde la piedra fundacional de la ideología independentista está originalmente en francés; la *Lettre aux Espagnols Américains* de un Vizcardo y Guzmán establece la misma contradicción aludiendo al declive de España. Para Vizcardo la miseria existe por la deficiente explotación de los recursos naturales de las colonias, una deficiencia netamente instigada por el mercantilismo y el monopolio español. Escuchen esto.

Toquetea cariñoso el ayPad hasta encontrar el pasaje.

—Aquí está: "¿de qué sirven tantas tierras tan fértiles, si además de la falta de instrumentos necesarios para labrarlas, nos es por otra parte inútil el hacerlo más allá de nuestra propia consumación?" La queja de Vizcardo bien podría transcribirse en los términos más elementales de la teoría de expansión del capital: ¿de qué sirve la abundancia de materias primas si, además de la falta de tecnología, tampoco tenemos acceso a mercados externos que estimulen ciclos completos de producción? La independencia nuestra solucionaría esta miserable situación pues, vuelvo a citarlo: "verá renacer la gloria nacional en un imperio inmenso, convertido en asilo seguro *para todos los españoles*,... [donde] podrán respirar libremente bajo las leyes de la razón y de la justicia". Árbol que nace torcido sirve de columpio. Para Vizcardo nuestra América no debe romper políticamente con España así nomás porque sea un Imperio, sino porque ya no lo es, y porque no tiene pinta de volver a serlo.

Ponemos cara de nostalgia imperial.

—Hablar de las independencias como meros procesos sociopolíticos de liberación desligados de las estructuras económicas —participa Francisco remedando el acento del hispanista escabullido— es olvidar el materialismo en favor del misticismo. La ruptura con España implica la ruptura con relaciones de producción precapitalistas que limitan el acceso al mercado mundial y al establecimiento de manufacturas, viste. En la *Carta de Jamaica*, Bolívar apela a los intereses de un liberalismo europeo que excluye a España porque Inglaterra primero y luego Francia no funcionan como imperios coloniales para él, aunque ambas tengan sus propias colonias, sino como futuros socios comerciales y fuentes de capital inversor.

Chasquea los dedos y declama enardecido:

—Y en el siglo diecinueve Bolívar no recorre solito este sendero, *non, Monsieur*. El presocialismo romántico de Esteban Echeverría y el racionalismo deísta de Francisco Bilbao concuerdan en nada, excepto en la denuncia de la nefasta influencia española. Hasta Mariátegui racionaliza las diferencias de la herencia europea en las dos Américas siguiendo la distinción hegeliana que mentaba ese chabón. Lo que más llama la atención es comprobar que el marxista latinoamericano más original viene a concordar con Hegel, cuyo idealismo, según Mariátegui mismo, es la antítesis del materialismo de Marx.

La bibliotecaria nos pide que bajemos la voz, en inglés. *We are sorry*, respondemos.

Enrique comienza a contradecir a Francisco, pero yo no hago más caso. Me levanto y los dejo cuchicheando muy bajo de Michel Chevalier y Torres Caicedo, de la irrealidad ontológica y la unión latino-americana, de la paz perpetua y la Confederación de los Andes, de la burguesía criolla y la Gran Colombia.

Salgo al pasillo y deambulo perplejo sin atreverme a salir a la calle. Por las ventanas veo oscurecer un sábado sin sol, presagio de otro domingo sin arrebol. Cierro los ojos y cuando los abro el dinosaurio de la depresión sigue ahí.

Caminamos juntos hasta encontrar una pizarra blanca. Saco el marcador negro y, enfatizando la *T*, esa de todos, transcribo el sentimiento en expresión de letras grandes que algún conserje borrará antes de que empiece el lunes.

También la subrayo, tal vez con excesiva saña, porque hay mucho tonto suelto.

*LATINOAMERICAN**ISTMO***

Y la dejo ahí, para que hagan con ella lo que les venga en gana.

XI El último mazorquero

Una mañana del 183?, Esteban Echeverría se sienta a escribir unas páginas que nunca verá impresas. Veinte años llevaba muerto y enterrado en 1871 cuando un amigo, Juan María Gutiérrez, las publica en el cuarto número de *Revista del Río de la Plata* con una advertencia. Juan señala que el difunto las había redactado con prisa, como un dictado de la indignación. Esteban no estaría sereno mientras escribía palabras que, de ser descubiertas, lo habrían condenado a una muerte segura. La letra temblorosa y apenas inteligible del manuscrito es prueba clarísima de la cólera contra la dictadura de Rosas y no del miedo de Echeverría por su vida. Las imperfecciones del texto, que el discreto editor prefiere no especificar, obedecen a las circunstancias. Con todo, concluye Juan, es "una pájina histórica, un cuadro de costumbres y una protesta que nos honra".

Con los años, *El matadero* desplaza otros escritos de Echeverría hasta transformarse en obra dorada (plata para *La cautiva*, bronce para *El dogma socialista*) e indispensable para la literatura argentina, de inclusión obligada en cuanta antología digna de antologizar se publique. También se convierte en una fuente inagotable de reediciones críticas y de exégesis de todo tipo. Linotipos como Juan Carlos Ghiano lo definen como una alegoría del país ensangrentado. Arquetipos como Noé Jitrik lo conciben como una exposición del conflicto entre civilización (mundo cultural) y barbarie (mundo fáctico). Logotipos como Jorge Luis Borges afirman que su poder alucinatorio no tiene igual en la historia de la literatura rioplatense. Prototipos como Martín Kohan detectan un rechazo espacial de y desde la dicotomía civilización (ciudad) y barbarie (campo). Pero las razones de estos tipos palidecen frente al estereotipo Patrick Taylor, autor del polémico estudio que tanto jaleo ha causado.

En el invierno del 2012 Patrick todavía vivía en Canadá. Nativos de Boston, los Taylor habían soñado con una beca o una genialidad que le permitiera al joven Patrick asistir a Harvard. Ni la suerte ni las notas ayudaron. En lugar de resignarse a las mezquindades de los colegios comunitarios locales, propuso papá Taylor, (dobles por vivir en Boston y ser un Taylor, pensó mamá Taylor) ¿por qué Patrick no estudiaba en McGill, la universidad canadiense con mayor tradición en promocionarse como el Harvard del verdadero Norte? Como los requisitos de admisión y los costos de cursos eran considerablemente menores que en el Harvard de los Estados Unidos, la suerte y las notas ayudaron, y una soleada mañana de agosto 2011, Patrick Taylor llegó con sus bultos al variopinto Milton Parc, vecindario estudiantil más conocido entre la fauna montrealense como Le Ghetto McGill.

En las primeras semanas no puede decirse que Patrick haya estudiado mucho. Entre las actividades de orientación organizadas por la universidad, que solo podían soportarse con el embotamiento de unas copas, y las actividades de familiarización organizadas por sus compañeros de piso, que siempre incluían más copas, bocanadas de mariguana y pastillería variada, el tiempo pasó rápido y ensortijado. Criado en el seno de una familia rebosante de conciencia histórica, Patrick sabía muy bien que existe un momento ideal para iniciarse en cada cosa, y pronto comprendió que el momento ideal para muchas de ellas eran esas semanas iniciales.

Probó la poutine kamikaze en La Banquise, con picante, tabasco y merguez, y no le desagradó. Probó l'épluchette de blé d'Inde en La Petite-Patrie, con mantequilla, cerveza y striptease, y no le desagradó. Probó la carne de **varón** en Le Village, con protección, cancaneo y nitrito de amilo, y no le desagradó. Probó el supositorio de opio en Le Plateau, con 2C-B, música electrónica y luminotecnia, y tampoco le desagradó.

Cuando el iniciado Patrick decidió que era el momento de regresar a los estudios, despertó matriculado en cinco clases: Introducción a la contabilidad financiera, Introducción al comportamiento post-organizacional, Estadística para administración y economía, Dirección de marketing e Introducción a la literatura hispanoamericana.

La selección hubiera sorprendido a quien no estuviera al tanto de la estirpe familiar de los Taylor y de las ideas personales de Patrick. A inicios del siglo pasado, uno de sus ilustres antepasados, Fred Taylor, había procurado equilibrar los intereses del trabajo asalariado con los intereses del capital. Sus desinteresados esfuerzos produjeron la primera teorización de la administración científica que tanto éxito tuvo en aumentar la división del trabajo y reducir los costos de producción. Aunque hubo escépticos que criticaron sus doctrinas, de ellos ninguno consiguió negar que palear cuarenta y siete toneladas y media de arrabio al día por $1.85, en lugar de doce toneladas y media por $1.15 no implicaba una mejora salarial del sesenta por ciento. Cuán solitario es el sendero del hombre superior, solo él puede saberlo.

Menos famoso mas no menos original, otro de sus mayores, Percival Taylor, había promovido el comercio justo y el desarrollo sostenible en la Amazonía cuando estos conceptos todavía no circulaban. Primero que los teóricos de la dependencia, Percy Taylor advirtió que la desigualdad del comercio entre un Sur proveedor de materias primas y un Norte productor de bienes de consumo solo podía solucionarse mediante el estímulo de manufacturas locales que produjesen bienes cuya excepcionalidad no pudiera replicarse en septentrión. Pionero equitativo y pragmático, Míster Taylor fundó *Tzantza Corp.*, la conocida compañía importadora de cabezas reducidas que puso a la tribu shuar en el mapa económico americano a finales de los años cuarenta.

No es arriesgado suponer que Patrick había heredado de sus ancestros un generoso afán por socializar el capital. Tarde o temprano alguna variable afectaría la ecuación y abriría nuevas posibilidades. La región había capeado la crisis del 2008 y las previsiones apuntaban al crecimiento. Quizás, especulaba el joven, con la perentoria legalización de la coca, podría aplicar el legado teórico y práctico de los Taylor y fundar una compañía de productos derivados, bien organizada bajo los principios de la administración científica en la era digital.

Quizás, *perhaps*, quiçá.

La clase de literatura era eslabón preparatorio y prueba innegable de los aguzados instintos del clan Taylor. Sin haber cruzado el trópico de Cáncer, Patrick sabía de buena tinta que los hispanoamericanos, máxime cuando insisten en denotarse latinoamericanos, están muy apegados a sus cuentos y novelas, hasta el punto de ver su filosofía en ellos. Un capitalista americano francamente social debía equilibrar el *non-fiction* norteño con las ficciones sureñas. Por fortuna o para infortunio de los destinos continentales, en la página doscientos treinta y uno de un libro de texto, *Huellas de las literaturas hispanoamericanas*, Patrick descubrió la historia que cambiaría sus proyectos.

La crecida del río impide el suministro de ganado al matadero de la Convalecencia. Buenos Aires se aprieta el cinturón por quince días, "sin ver una sola cabeza vacuna" (232). Al décimo sexto día entra "una tropa de *cincuenta novillos* gordos" (233, énfasis agregado). El primer novillo sacrificado se lo regalan entero a Juan M. de Rosas (234).

El resto se despacha rápidamente, y pronto "cuarenta nueve reses estaban tendidas sobre sus cueros" (235). Un toro, o un novillo, que había quedado en los corrales escapa y el lazo decapita a un niño (237-38). En la persecución cae un inglés distraído al fango. Los federales atrapan y acuchillan al animal, con júbilo descubren los testículos que lo certifican como toro (240). Pasa un unitario y los excitados carniceros lo atrapan, lo atan bocabajo a una mesa y comienzan a desnudarlo. Cruzan las consignas y el ultrajado revienta literalmente de rabia (243). El torrente de sangre unitaria cierra la crónica roja de la jornada.

A Patrick le impresionó el estilo, la metáfora y, más que nada, la matemática de *El matadero*. Si eran cincuenta, y solo cincuenta, reses y le regalan una a Rosas quedarían cuarenta y nueve, ¿verdad? Si las cuarenta y nueve estaban muertas y en diversos estados de carneo, ¿de dónde sale ese animal que había quedado en los corrales? Seguro de hallar una explicación literaria, Patrick consultó la bibliografía crítica. En vano. Todos hablaban del naturalismo, de la fuerza de las imágenes, del costumbrismo, de los recursos poéticos, de la dictadura rosista, del romanticismo, de la denuncia política y de los etcéteras. Nadie mencionaba la evidente discrepancia numérica.

Algo avergonzado, Patrick acudió a la profesora. Algo amoscada, la profesora replicó que fuera más prolijo, que no era un novillo, era un toro, que si no prestaba atención a ese dato, ¿cómo pretendía entrar en aritmetismos? Como la profesora era argentina y como la prolijidad del dato no cambiaba el hecho bastante comprobado y aceptado que $1 + 49 = 50 \neq 51$, Patrick no insistió y decidió explorar otras posibilidades.

Es un error involuntario.

Echeverría no revisó el manuscrito, dijo cuarenta y nueve queriendo decir cuarenta y ocho, o cincuenta y uno en lugar de cincuenta. Escribió rápido, no releyó y se le confundieron los números. Un mero y menor descuido. Sin embargo, es sabido que el editor Gutiérrez tendía a corregir y retocar textos originales. ¿Por qué no rectificó la cuenta? ¿Acaso fue Gutiérrez quien introdujo el error al copiar la caligrafía enrevesada de Echeverría? ¿De quién fue el error? ¿Es un error? Patrick descartó la posibilidad por sumamente ofensiva. **Varones** de semejante talla, que no equivocaron las divisiones de los hombres, no van a equivocar las sumas del ganado.

Es un error deliberado.

Sea de Echeverría o sea de Gutiérrez, la incorrección intentaba transmitir algún mensaje adicional. Era una clave oculta en plena vista, una cifra del significado real del texto que, a su vez, encerraba el verdadero significado de la historia (literaria) argentina. Patrick releyó el cuento unas doce veces. Luego leyó unos treinta y siete libros y artículos. Al principio, intentó ajustar su obsesión al quinto del tiempo dedicado a las clases. Pero tanto rumió el rumiante de marras que pronto dejó la contabilidad y la economía, y se concentró en poner sus opiniones taurinas en blanco y negro.

El fruto de estos impresionados esfuerzos es bastante conocido en el mundo de los estudios literarios. *Appearing Bull: Castration and Countertransference in Echeverría's "The Slaughter House"* ganó el premio al mejor ensayo estudiantil de primer ciclo de la Asociación Canadiense de Estudios Hispánicos (CAOHS, por sus siglas en inglés). Un premio muy menor, se dirá, sin respaldo metálico. Sin embargo, publicado en el sitio web de la asociación y en una revista de estudios literarios de Londres, Ontario, el ensayo rizó olas en El Plata.

En los tiempos oscuros que corren, a pocos corresponsales culturales dejan de impresionarles las publicaciones filológicas inteligibles, aunque sean digitales. Y menos aún dejan de admirar los premios de asociaciones académicas, aunque sean intangibles. Algo tiene que ver con la ausencia de Dios y la abundancia de corresponsales. Reputando que se trataba de un ensayo conocido y reconocido en la ruda Norteamérica, un bloguero de *La Nación* lo fustigó en su columna, particularmente indignado por el comienzo del quinto párrafo:

> *In the same way that the story* "empieza a ser cuento a partir de un determinado momento y previamente no lo es" (Jitrik 68), *the bull becomes a bull only at a given moment; before it was but a steer. At the end of the day, the characters' uncertainty on whether it was a steer or a bull, and their delight at discovering the latter, let slip a national castration complex and an inconsolable longing (Sehnsucht) for a strong, bull-like leadership.*

Nunca se supo a ciencia cierta cómo el encarnizado bloguero se topó con el ensayo de Patrick, cuyo título siquiera conocerían hasta entonces una docena de personas. Así de misteriosos son los senderos de la aldea global. Lo cierto es que insultó a conciencia, calificando al texto de "pasquín imperialista desclavado" y al autor de "jovenzuelo lerdo y desprolijo". Después vino la avalancha de tweets y comentarios de los lectores-escritores del blog, la deficiente traducción al castellano del ensayo, el reposteo acusatorio en Taringa, el análisis-protesta del intelectual filoperonista, la subida de fotos tauromáquicas a Instagram, la extraña parodia en el canal de Dross, la tira cómica de Gaturro y, por último, la declaración de la Asociación Argentina de Clubes de Semiótica, Psicocrítica, Traumatología, Semas y Literatura Comparada.

Pasaron unas semanas entretenidas en el escarnio y cuando finalmente parecía que la hinchada se calmaba, se filtró que un P. Taylor había osado inscribirse en calidad de ponente en el Congreso Internacional de Hispanistas, a celebrarse en Buenos Aires en julio del 2013.

Allí empezó su aflicción.

÷ ÷

Samanta me avisó. Leopoldo daba una mano en el comité organizador y encontró el nombre en la lista. Che, Leopoldo, el gordo de Filosofía. Sí, ese mismo. Le contó a Samanta y ella nos contó a Cagnazzo y a mí.

¿Te imaginás al pelotudo? Mirá que venir a restregarnos su asquerosa ponencia en la cara. Este país se fue a la mierda. ¿Te acordás de cuando éramos un puño apretado contra ellos? Los ingleses, che. Donde fuera, otras épocas. Ahora dejamos que cualquier yanki nos insulte de lejos y venga a que le aplaudamos la gracia de cerca. Qué miseria, che. Que diga lo que diga Néstor del posnacionalismo, da mucha bronca cuando te pisan el callo de la patria. Por eso nos decidimos a hacerlo. ¿No entendés? Porque si todo es la guita y nada cuenta la guitarra, ¿para qué levantarse por las mañanas? ¿Para qué?

Empezamos esos cuatro, luego se arrimaron Iván y Beatriz, la mina de Monserrat. Al principio, pretendíamos abochornarlo, echarle un laxante en el café y que se cagara en la presentación. Pareció una chotada y decidimos asustarlo. Pescarlo en un callejón y sonarle unos golpes, tal vez pisarle la cara, patearle las costillas, mearlo.

No, sabés que Iván es terrible. Dijo que no bastaba, que eran actos carentes de simbolismo. Pensamos y propusimos hasta que salió lo de marcarlo. Ahora no sé cómo pasó, viste. Entonces nos pareció apropiado, simple. Eso que pasa sin saber cómo, o por qué. Empinás el codo y hablás de robarle el pasaporte, bajás el codo y ves el hierro candente sobre la mesa. Todos lo vimos, humeando junto a las botellas, el cenicero y los puchos. ¿Vos no creés en esos latidos?

En seguida repartimos las misiones. Iván y Cagnazzo conseguirían las herramientas y el lugar, Samanta y Beatriz estaban a cargo de enfilarlo al marcadero, el gordo y yo para las eventualidades. Queríamos hacerlo el viernes, después que presentara, felicitarlo y convidarlo, pero nos enteramos que unos pibes de Filosofía iban a boicotearlo y nos preocupó que desconfiara. Por eso lo adelantamos para el miércoles, el día de la recepción en la embajada española.

El lunes lo fichamos en la acreditación de participantes. Venía directo del aeropuerto a la Facultad, con equipaje y cara de sueño. Samanta misma le entregó las credenciales con esa sonrisa tan de ella, que se extiende hasta el mar. Suponíamos que se iría enseguida al hotel, pero se quedó para el Acto Inaugural. Yo me senté atrás y no le perdí una cabezada en toda la ceremonia. El rector dijo lo suyo y aplaudimos un poco; él no. Cuando el embajador español habló de los lazos históricos, lo vi sonreír y aplaudir. Qué pelotudo. En hora y media de discursos, esa fue la única vez que movió las manos. Y se quedó para la Conferencia Plenaria, en el mismo salón de actos, y luego para la presentación de las Actas del Congreso pasado. A la una nos levantamos a tomar la copa de bienvenida que ofrecía la Comisión Organizadora. Vinito mendocino y empanadas. Se comió tres mientras charlaba con Samanta. No hizo falta que lo siguiera. Las minas tenían la dirección y habían quedado con él. Cuando se despidieron frente al remís, un malón de nubes negras se amontonaba en el horizonte.

El martes por la tarde se encontraron en la Biblioteca, en la Mesa Redonda de Cortázar y el Cincuentenario de *Rayuela*. Se sentaron juntos —Leopoldo, Beatriz, el rubio y Samanta— con el pelo mojado a pesar de los paraguas. El rubio tomaba notas y a cada rato miraba a la izquierda con el rabillo del ojo, no sé si a ella o a él. Por la derecha Samy lo trabajaba a la perfección, esos ojitos negros que invitan, la naricita respingada que provoca, las manitos distraídas que se posan. Pegaba cada suspiro que hasta el papel del cuaderno se endurecía. Entre un asombro de lástima, te juro que casi envidié al infeliz. Rajé antes que terminaran porque había prometido ayudar con la logística. Cagnazzo se había tomado el palo, o enfermado, para el caso lo mismo. Iván parecía más taciturno que disgustado. Puro italianaje mirón, dije sonriendo para distancialе las cejas, un poco por despegarme de Samy. Siguió igual, con una gravedad distinta a la habitual. No entendí cuando me habló. Te juro, che, pensé que me estaba cargando hasta que dijo:

—A vos te lo digo ahora porque sos hombre. Marcarlo no basta.

El resto lo escuché a rebanadas. Apenas tenía oídos para los objetos que alineaba en la mesa: el chasquido del cuchillito curvo, el crujido de la pinza afilada por un lado y dentada por el otro, el retumbe de un tacho grande — …conviene esterilizarlo todo, no queremos… — el tamborileo del jarro de cinco litros, el escarceo del frasco con desinfectante, el tintineo de las esposas de acero, el rebote de la mordaza de cuero con pelota de goma, el traqueteo de la marca de hierro reforzado con mango de madera, — …conseguir un tres, si lo invertimos se…— el roce de la cuerda azul con pintas blancas, el secreteo de las páginas de un manual de veterinaria cuyas ilustraciones insistió en mostrarme —…más fácil de lo que parece.

En aquel momento comprendí la repentina enfermedad de Cagnazzo y experimenté los síntomas. ¡De acá! Quise decirle que parara un poco, aquello no era lo acordado y nos iba a meter en un quilombo de verdad. Bastó levantar la vista para comprender que no lo convencería. En aquella casilla de paredes desnudas los argumentos sobraban. Si vos querés, llamalo el valor de la cobardía, el calor de la pasión. No había tu tía. Yo acepté sin decir palabra.

El miércoles desperté con la lluvia del martes. El cielo tronaba los dedos a ratos; la chica del tiempo pronosticaba precipitaciones y tormentas desde el Centro a la Patagonia. Menos visibilidad y testigos, pensé almorzando una seca en la cama. Cuando llegué a la Facultad, el sastrecillo y Samanta estaban presenciando un panel de cubanos y de cubanófilos engreídos discutir la supuesta diferencia entre cubanía y cubanidad. Para colmillo de tales, un miembro del público que parecía mamado como una cuba los azuzó preguntando si la isla (¿no era un archipiélago?) formaba parte de Latinoamérica. Aquella tortura se prolongó hasta que los organizadores los echaron para dar paso al otro panel. Resultó que el rubio conocía al presunto borrachín, Joseph o Pepe, porque venían de la misma universidad. El tal Pepe mascullaba un castellano ondulante y difícil de localizar; unas veces seseaba y asibilaba las vibrantes, otras zeteaba y se zampaba las oclusivas, nos voseaba y tuteaba, desmembraba y amontonaba caprichosamente los verbos con pronombres, ajustaba galicismos y anglicismos en unas frases de improbable largor, sudaba sintaxis latinista por los poros, desleía arcaísmos con neologismos. ¿Sabés qué me respondió cuando le pregunté de dónde venía? Que él venía de todas partes y hacia todas partes iba. Qué pelotudo.

El Pépedante participaba en el panel y el rubio insistió en escuchar la ponencia. Trataba aquel despropósito de la presunta falsificación de un Espejo, que por algún motivo se consideraba la Eneida de los cubanos. Pepe insistía en la falsedad y proponía otra épica fundacional, la pelea de un sacerdote crédulo y unos morenos tramposos contra unos demonios contrabandistas o un chamuyo parecido. Rajé antes del final, previa consulta con Samanta, para ir a esperarlos en el antiguo marcadero, pero tuve que regresar porque me llegó un texto diciendo que el nuevo no se despegaba. El plan original era invitar al rubio a tomar una birra en lo del gordo antes de la recepción para emboscarlo en la casilla, pero el Pepe se había pegado a la partida como una lapa.

La lluvia había parado cuando los encontré caminando pausado. El rubio iba entre Samanta y Leopoldo, el Pepe charlaba con Beatriz detrás. Ajusté los pasos y formamos dos tríos. Hablaban de los unitarios y los federales, y salió a relucir Echeverría y el Matadero. No entiendo cómo se la llevó, pero el Pepe se detuvo al doblar la esquina y me miró extraño para luego sonreír y alcanzar a los otros en dos zancadas sesgadas. Apartó bruscamente a los nuestros y le pegó una patada de caballo en el pecho al rubio, que salió volando y amarizó en un bache a medio arreglar, grande como una pileta comunitaria. ¡Qué mierda, loco! El rubio lo buscaba y lo insultaba en inglés, hundido en el fangal. Nosotros mirábamos al pateado reclamar cubierto de barro, y boquiabiertos admirábamos al pateador doblado de la risa. El Pepe se volteó hacia nosotros y citó con sorna:

—"Se amoló el gringo".

Comprendiendo quién era, nos sumamos a la chacota, incitando con sarcasmo al inglés calculador a levantarse. Y creo que él comprendió algo, quizá la procedencia del toro, porque dejó de maldecir, cerró el puño en una mano cornuta, con el índice y el meñique apuntando al cielo, y se lo puso en la testa.

XII Réquiem cubaniche

Al despedirme de Borges cometí el error de blasfemar
que se daba cierto aire a uno de los ciegos de Brueghel.

—Y vos me recordás mucho a uno de mis personajes
—replicó sonriendo con malicia.

Unos meses después moría sin decirme a cuál. Treinta
años han pasado y finalmente hoy, que tan cerca queda el
reencuentro, he aceptado mi papel. Por eso escribo a mano
alzada esta glosa con ánimo de conciliación y despedida.
Y cuando muera en la mañana, mis actuales detractores y
futuros sucesores, comprenderán el rigor de mi vida.

Nací en La Habana de la huelga general que inició el
fin de Gerardo Machado. De mis padres y abuelos baste
decir que fueron unos pequeños burgueses colmados de
la típica mezcla de virtudes e inmoralidades de pequeños
burgueses que aspiran a la medianía. Como todo cubano
de mi generación y clase, crecí con la mirada puesta en los
Estados Unidos. Amaba y odiaba cuanto nos llegaba del
norte revuelto y brutal. El Tarzán de Weissmuller regocijó
los mediodías domingueros de mi adolescencia. Hecho
hombre, atesoré el recuerdo imberbe de aquellas horas en
el cine del barrio hasta comprender que, a pesar de mi tez
blanca, mi realidad se asemejaba más a la realidad telonera
de simios y nativos Con las hojas de hierba de Whitman
alimenté por décadas mis tímidas obscenidades: *I celebrate
myself, and sing myself, / and what I assume you shall assume*. He

venerado estos excesos del ascetismo esteta; que lo sepan los vegetarianos que me juzgan carnívoro y caníbal.

También frecuenté las artes plásticas con más afán que talento. La familia anhelaba un arquitecto acomodado mientras yo me sentía un pintor bohemio. Con cuaderno, carboncillos y novia solícita, remedé los desnudos finos de Joaquín Blez hasta advertir mi incompetencia. Una línea es la distancia más corta entre dos puntos; una curva es la más bella. Mi espíritu no carecía de disciplina o de pasión, pero en mis trazos no cuajaban la geometría y el erotismo. Una tarde de honestidad crítica quemé el cuaderno, arrojé los carboncillos por la ventana y despedí a la novia solícita en la puerta. Entonces me concentré en la filosofía y en las letras.

Según Platón, en la democracia yacen los orígenes de la tiranía. De la libertad explícita surge la esclavitud más implícita. El universo infalible percibe un desbalance y lo compensa. Los grandes hechos históricos se repiten no dos ni tres sino incontables veces, porque la historia no es una espiral sino una balanza. El reino de Christophe contrapesa la revolución de Louverture. El terror de Stalin contrarresta la ilusión de Marx y la espada de Hitler anula la pluma de Nietzsche. Bien planteadas, las variaciones de sistemas y estados políticos se reducen a una disputa confusa entre democracia y tiranía. Hasta la historia bíblica es crónica del tránsito de las delicias edénicas de la tiranía hacia los tormentos evangélicos de la democracia. Donde dice que Dios crea al hombre a su imagen y semejanza debe leerse que el hombre ha creado al Dictador a imagen y semejanza de Dios.

Para José Martí, pueblo que soporta a un tirano, lo merece. En 1949 un *marine* borracho se trepó en la cabeza del Martí del Parque Central. Diez años más tarde, mi pueblo dejó de merecer las tiranías sostenidas por la democracia estadounidense. Cuando se dice que Martí fue el autor intelectual del Moncada y, por extensión, de la Revolución cubana, unos invocan *El Día de Juárez*, otros piensan en *Nuestra América*. Yo cierro los ojos y veo aquellas fotos del obsceno borracho y la profanada estatua contra la noche habanera, y recuerdo la protesta resultante en la Plaza de Armas donde conocí a un mozo revoltoso y seductor, a un don nadie que cambiaría nuestra ruta con la promesa de morir juntos defendiendo el sueño grande de Martí: una república con todos y para el bien de todos.

Tras doctorarme, la curiosidad, la violencia y una beca me llevaron al norte. El apóstol bien lo supo, únicamente desde la distancia desapasionada del extranjero se puede estimar la cercanía amorosa de Cuba. Don Fernández de Oviedo habla en el *Sumario de la Natural Historia* de cierta barrera intangible en el Atlántico que extermina los piojos europeos en la travesía americana. Viceversa, basta cruzar este meridiano de Oviedo en dirección contraria para que la cabeza se colme de toda clase de bichos.

Llegar a Europa buscando cauce y sentido equivale a visitar el cementerio en busca del vientre materno. Eso se comprende a la salida. A la entrada deslumbran las torres metafísicas, las galerías teatrales, las avenidas líricas. Con dominante indiferencia, un pedacito de continente somete a los herederos del Modernismo que, sin haber puesto un pie allá en quince generaciones, se alborotan como Edipos en celo cuando el tacón extranjero les humilla las nalgas. A la colonización europea de la realidad americana sigue la autocolonización de nuestro pensamiento. Y qué amargo el descubrir que la Europa de nuestra imaginación supera a la verdadera. El París que describe Oliveira engrandece a una ciudad mezquina.

Una casualidad y un conocido se confabularon para que regresara al Nuevo Mundo de los peregrinos del *Mayflower*. Regresar como profesor invitado a una presti- giosa universidad era antesala del destino desahogado que imaginaron mis mayores. Una cátedra, una residencia y una esposa norteña enorgullecerían a la familia; también otorgarían tiempo y espacio para los sonetos laboriosos que atizarían regularmente mis humos. La probabilidad nubló mi estancia en la Nueva Inglaterra. Días de lilas y lecciones seguidos por noches de ginebra y girasoles. Soñaba con despertar rodeado de flores gigantes que giraban hacia un astro naciente en el Sur. En balde intentaba sembrar los pies en la tierra para adorar ese sol del mundo onírico. Dos estacas en cruz me vedaban el heliotropismo y me condenaban a espantar pájaros. Despertaba en el lecho anegado con lagrimones de regadío.

Resignado al otoño en plena primavera, seguí con más estupor que expectativa las maniobras bélicas de los barbudos cubanos dirigidos, sorpresa, por el mozo revoltoso. Entendí las señales del universo, una época nueva había comenzado de repente. A unos meses del triunfo regresé a la isla efervescente convertida en casa de las Américas. Había algo mágico en el aire que respirábamos, un sentir universal, una inmediatez continental, como si bruscamente el mar hubiera desaparecido y la isla milagrosa se ligara con todo el continente.

Regresé como regresaron de sus exilios Carpentier y Guillén. Regresé a decir SÍ a la Revolución. Regresé en cuanto se venció el contrato en la universidad, sin buscar renovación u otro empleo. Regresé cuando los menos (que valen más) regresaban, mientras los más (que importan menos) se marchaban en tropel confuso. Regresé listo a empuñar un machete en defensa de aquellas multitudes risueñas, preparado a morir por una idea. Pronto advertí que Cuba había llegado a una encrucijada histórica tan complicada como la de 1898, y entendí que el hervor de mi sangre exigiendo peligro y sacrificio era una forma de cobardía. Yo ansiaba morir en un combate oscuro con el pecho cuajado de balas porque ese sería un final feliz que justificaría toda perplejidad individual ante la colectividad que me servía de espejo. Yo quería morir por algo y no de viejo. Ya Cuba tenía ese tipo de mártires; ¿para qué otro?

Ahora necesitaba otros sacrificios, necesitaba ejecutores. En 1961 ingresé al Partido.

Inútil repasar mis fatigas desde entonces. Examiné el materialismo dialéctico y el idioma ruso, edité revistas y voluntades, celebré victorias y alevosías, previne derrotas y publicaciones, escribí panfletos y potestades. Firme me mantuve en la negra hora de los chacales, en el gris plan quinquenal, en la blanca espuma del Mariel. Confieso que la caída del Muro vino a pulsar la firmeza de mis convicciones. Los martillazos que derribaron la frontera vana también remacharon los clavos de mi cruz. Sentí que el mar regresaría y que nos encerraría en su abrazo salobre. Presentí que pronto estaríamos aislados, incomunicados, sitiados. Inesperadamente, con la visión del temible futuro llegó la sensación de una extraña felicidad. Pensé: soy feliz porque he pecado y se acerca el momento de la expiación. Pensé: soy feliz porque editaré escritores que he admirado y censurado media vida. Pensé: soy feliz porque con los cambios vendrán nuevas oportunidades para renovar mi sacrificio. Pensé: soy feliz porque solearé estas verdades íntimas que los años han confundido con las mentiras de mi orgullo. Pensé toda la noche y con el alba hallé la más verosímil y digna de las explicaciones.

Cuando en 1810 la América española se levanta contra la metrópoli desmoronada, Cuba se mantiene y persiste siempre fidelísima. Cuando en 1989 la Europa soviética se levanta contra la metrópoli desmoralizada, Cuba perdura siempre fidelísima. La fidelidad al poder impotente se transforma en la fidelidad al credo descreído. La nación comprende; estas fidelidades irracionales encierran la clave de su identidad. Soy feliz porque, por tercera vez en su historia, Cuba es libre. Cuba es libre de ser ella misma, y no la extensión tropical de otros; libre como brevemente lo fue hacia 1959, antes de ingresar en la órbita soviética después de abandonar la esfera yanqui. Como el **varón**, un país solo puede ser él mismo cuando está solo. El mar que volvía nos trocaba en nosotros, nos devolvía nuestra condición isleña. Estábamos solos, muy solos, y soledad rimaba con libertad y felicidad.

Desde entonces abandoné cualquier temor y reparo. ¿Qué importan el hambre y la escasez? ¿Qué importan las indignidades individuales frente a la dignidad colectiva? El pueblo comprende; el bien más preciado no es la riqueza material sino la dignidad nacional. Incluso con todas sus indecencias, los años noventa fueron los años más dignos de nuestras vidas.

Pero esos años han pasado. Ahora se cierne otra época de tumulto y dolores sobre nuestra querida patria. En la blanca casa un negro y Cuba ha sido fecundada otra vez por la oscuridad. Los mareos y las náuseas anuncian un parto difícil. Ya preparan gasas las nuevas comadronas; hierven el agua, afilan la tijera. Ayer ondeó la bandera de las cincuenta estrellas frente al Malecón por primera vez en más de cincuenta años. Me resisto a creer que todo fue por gusto y gana. Frente a la cuartilla el tiempo de mi labor ha terminado. Cuando salga el sol mis pies habrán entrado, perdóname Dios, finalmente en la tierra y convocarán la salida de otros pies juramentados frente a una estatua. *Don Giovanni a cenar teco / m'invitasti e son venuto!* Sígueme, viejo amigo. Juntemos otra vez nuestras manos temblorosas y contemplemos el sol naciente. No tiemblo por mi carne vieja e intrascendente, tiemblo por nuestra isla joven y eterna.

XIV El fusilado

Me estaba botando una paja cuando Micaela tocó a la puerta.

—Pedri, soy yo, abre. ¿Estás ahí?

Me cayó del cielo en un momento débil. Desde que cumplí cincuenta años trato de no despilfarrar el semen en pajas. Antes lo derrochaba con largueza y me botaba cinco, tres y dos diarias. En baja. Hasta llegar a la paja semanal que me ocupa. No quiero aceptar el declive. No, nada de resignación. Así principia el fin. La vida es así, no hay de otra. El que se resigna se resinga. Uno tiene que reconocer los cambios pero no puede resignarse a ellos. El hombre no está hecho para la resignación. Para eso está el carnero.

Como escribió el americano borracho que se pegó un tiro: "El hombre puede ser destruido pero no derrotado". Una frase bonita y más estúpida que el carajo. El hombre tiene que ser derrotado para levantarse y ser un hombre. Hombre que no conozca la derrota no es hombre. Por eso ya no leo. Toda la literatura es mentira. Hace un daño. Te pone espejitos en la cabeza. Hasta la escrita por borrachos suicidas. Te pone a filosofar como un imbécil. Y si yo que soy un pingú lo tengo claro y lo hago, ¿qué quedará para el resto?

Me levanto y abro la puerta con la portañuela abierta. Exhibo el material. Micaela abre los ojos y se relame los labios antes de entrar. La comprendo, vaya, es material de primera. Tengo una pinga fabulosa que me crece con los libros. Medía seis pulgadas de longitud cuando nací, luego seis y media, siete, y media, ocho. Anda por once pulgadas. Si publico otro quinquenio llegará a las trece. Tócate. Y es rolliza de tendón y venas. Una línea fija para las seis de circunferencia. La pinga me crece constantemente pero no engorda más que eso. Debe ser la falta de nutrientes. Nunca he sabido el diámetro. Me olvidé de la fórmula para calcularlo. Sé que incluye a Pi pero también olvidé su valor. No importa. Las fórmulas son una mierda. La única Pi que importa es mi Pinga encapuchada. Me enorgullezco de ella. Solo una cosa me preocupa. Se jorobaba hacia la izquierda y últimamente se ha ido centrando. Me pregunto adónde irá a parar a este paso. Mejor es no pensar en la curvatura de la pinga ni en nada. Pensar mucho también es dañino.

—Llegaste en hora buena, mami. Mira lo que tengo aquí, todita para ti.

—Pedro Juan, por tu madre, guárdate eso que el horno no está para pastelitos.

—¿Tienes la menstruación? Me da igual, cáela mía. Es lubricante escarlata.

—Sí, pero no es por eso. ¿No te enteraste? Fusilaron a Roberto, el amiguito de Orestes. Hay policías a granel en cada esquina.

Micaela tiene cuarenta y cinco años bien llevados. En inglés dirían que es una *milfa* pero ella nunca tuvo hijos. Es una temba con tetitas de adolescente, una mulata de rasgos aindiados, delgada y garbosa. Camina con mucha gracia. Parece una modelo y lo fue. Trabajó en un puticlub estatal disfrazado de casa de modas. Queda en Miramar, barrio ajeno a mí, en una antigua casona de familia rica. Es una hermosa edificación llena de hermosas mujeres. En otra vida yo hubiera sido arquitecto. En esta vivo en el cuarto más cochambroso del edificio más ruinoso de La Habana.

Orestes es el sobrino y como si fuera el hijo. Ella lo crió. Es un mulatico afeminado que podría pasar por blanca. Y escribe párrafos que intenta pasar por cuentos. El típico producto letrado de la Universidad. Sin cable a tierra. Un pedante libresco y francófilo. Pichicorto seguramente. Le encanta citar a Baudelaire, Proust y compañía en el original. Leerlos en otro idioma que el francés es una traición, dice él.

Un día me pidió que le echara un vistazo a sus textos, a *ses nouvelles*, a ver qué me parecían. Yo no quería leerlos pero Micaela me convenció con un trato. Si lo hacía, *y los celebraba*, me dejaba orinarle la cara. Al final los leí pero me quedé sin darme el gusto. Uno es hombre pero también es escritor y tiene sus límites. Le dije exactamente lo que me parecían *ses nouvelles*. Micaela estuvo tres meses sin tocar a mi puerta. Hasta que me perdonó en una noche de apagón, alma caritativa. El perdón o la añoranza por mi pinga, una de dos. Es igual, nadie es perfecto. Orestes dejó el cuento y se puso a hablar mal del gobierno en un blog de esos. Dice que es periodismo independiente.

A cada rato venía a visitarlo Roberto. Me lo presentó cuando todavía me daba los buenos días en el pasillo. Un blanco raro. La primera vez que lo vi me dije: este es de la jugada. Este es el agente que le asignaron a Orestes. Un rubio con tremenda facha de chivatiente y modales de Testigo de Jehová. Un día vino a verme con un ejemplar de *Carnet de perro*. La edición michi michi que imprimieron en el Poligráfico de Holguín. Quería que se lo firmara, que había leído todos mis libros y le gustaban. Pensé que era otro aprendiz de cuentista buscando halagarme. Y entrar en confiancita para mostrarme sus textos. Y pedirme que se los recomendara a Herralde. ¿Puedes creer que no? Nos pusimos a hablar de boxeo. De las peleas de Stevenson con Ángel Milián que yo había visto en vivo y él en video. Los dos coincidimos en que Milián había sido un fuera de serie con una perra mala suerte. Le conté cómo murió apuñalado en una cervecería y me contestó que había sido una muerte menos lúgubre que la de su tocayo Roberto Balado, El Gordito, atropellado por un tren por quedarse dormido en los raíles.

Me cayó bien y le ofrecí un vaso de ron que apenas tocó. Y empecé a pensar que el blanco raro era el nuevo agente que me habían asignado a mí. Manda pinga. Esperé a que se pusiera a sonsacarme con puyitas e indirectas. A preguntarme mi opinión de la realidad. Del futuro de la nación. Resultó que tampoco. Siempre que conversamos fue del boxeo amateur cubano y, verdad que era raro ese blanco, de literatura decimonónica.

Le gustaba mucho *La Regenta*. Una vez me dijo que era la mejor novela en castellano del siglo. Una bazofia me había parecido a mí y le contesté que *Cecilia Valdés* era mil veces mejor. Por llevarle la contraria. Esa también es una mierda. Un panfleto. No hay una cabrona novela en esta isla que no sea literatura política. Ni las mías se escapan, me cago en Diez. Y eso que a mí no me gusta hablar de política. Pero se te mete por los poros. Yo digo igual que Leonardo Pablanda, quisiera ser un Polastre para que los periodistas dejaran de hacerme pregunticas de corte político. Pregúntenme de la escritura, coño, y del canon. La política es un complemento circunstancial y lo mío es el sustantivo, el verbo y el complemento indirecto. Y ahora viene Micaela con esta noticia. De pinga, no me dejan vivir en paz, y es lo único que pido.

—¿Cómo es eso? ¿Por qué?

—Coño, Pedro Juan, estás en la luna de Valencia. Lo dijeron hasta por el televisor.

Tiene razón, estoy desconectado. A propósito. Solo me interesa la gente real del barrio, los mamíferos juguetones que me rodean. La fauna del inframundo. Me siento bien así cuando vivo en La Habana. Libre. Ya sufrí demasiado en mi época de periodista intentando echarme el mundo sobre las espaldas. Ahora sigo las noticias la mitad del año que paso en Europa. Como Proserpina.

—Bueno, el muerto al hoyo... ¿Vamos a singar?

—Nada más piensas en eso. ¿No me oíste? Orestico está destruido. Ese muchacho era buena gente y siempre lo animó a escribir, no como tú.

—Pero ya está muerto y nosotros seguimos vivos. Ven, mami, ven, —la halo hacia la cama— deja la tragedia que te voy a mamar el culo como a ti te gusta.

Micaela se suelta y me empuja. Me insulta desde la puerta con las lágrimas colgando. Soy un viejo calvo y un desfachatado, oportunista, maricón, filibustero, narcisista, pajero, hedonista y sicofante que se va a morir solo. Como todos, pienso. Soy un alcornoque baboso, un comepinga, chupacabras, dobladillo, esquirol y fariseo que no cree en nada. Ni en nadie, añado en el pensamiento.

La oigo como si lloviera. El arrebato no me ofende pero me despierta la curiosidad. Ha estado leyendo las *nouvelles* del sobrino. ¿Sabrá lo que significan todos esos insultos? A lo mejor ella piensa, por ejemplo, que el sicofante es el tipo con peste a sicote de elefante. Son tan engañosas las palabras, si lo sabré yo.

Llueve y llora. Me contemplo la pinga caída antes de tirarle un besito de consolación. Cierro la puerta, la halo hacia mí, la acaricio y le canto bajito:

> Yo quisiera ser
> de tu vida encanto.
> Quisiera tener
> de tus ojos llanto.
> Y quisiera ver
> de tu rostro siempre amor
> brotar.

Ella se estremece y se yergue. Fascinante como cobra. Apagué el aire acondicionado para sudar a gusto. Tuvimos dos orgasmos. El segundo con ayuda de un dedo metido en el culo. Cuando terminamos me serví una copita de coñac y me puse a mirar las luces empañadas de la bahía. El hombre tiene que adaptarse.

XV Reunión en Féisbuk

You added Samuel, Tomás, Juan, and Robert

L: Tremenda coincidencia vernos conectados al mismo tiempo. Solo quería aprovecharla y saludarlos a los cuatro. Abrazos.

S: yo estoy borracho y jugando Battlefield con Eva...así que pueden seguir, hahaha, un abrazo

J: No se fájense! que haya PAZ! ☺

S: matando un poco de gente...pa desestresar, lol, se acabó el wisky ☺

L: Nada como la guerra para traer paz al cuerpo estresado.

S: Headshot! En serio, llevo un mes a más de 40 horas por semana... y ella por lo mismo...

L: Ya sabes lo que dicen: Winter is coming! Ayer mismo el otoño tocó la maraca.

S: hahaha

J: Yo sé lo que es eso, llevo 38 horas esta semana que no ha terminado y 45 la anterior, pero no tengo Batlefield, y quiero mataaaaaaaaaaar!

T: Sí bro! Abrazos pa ti! Oe, es un cuatrichat!. Lo propeo. Abajo Castro. K wisky tomas?

S: pues ya sabes Juánico, te podemos añadir al equipo... aunque mi mujer te pase las cajas, hahaha.

T: Whisky. Whiskey. Wiski? D ké hablan?

S: wisky del imperio enemigo...pero se acabó.

T: Horas d trabajo?

J: No toco un videojuego hace años

S: empezaré con el alcohol del imperio amigo

S added Eva

S: Smirnoff Red Label...check

T: Miren so comemierdas, yo trabajé 58 horas la semana pasada. y estoy vivo yet. Así k...

S: Vente a trabajar a mi pincha...y luego me dices...

T: Samuel, primero actualiza las conexiones imperiales y luego prueba THE GLENLIVET... te vas a cagar con ese whiskysito yuma y vodkita bolo

L: Apruebo la moción del Glenlivet, aunque he regresado al ron en la última temporada.

J: Prueben Amstel, esa cerveza es la hostia! no me gusta el whiskey, es muy fuerteeeeee.

T: D cerveza no me hablen...! K ahí soy el mejolll

S: pera es pera, manzanita, espérate que yo estoy en la mata de la cerveza.....la mejor pa mi es la Orval....después de esa...hay lista., estoy oyendo a eminencia cálcica por cierto

E: ¿Amstel? ¿Tú dices que eso es cerveza? ☺

S: clásica...whatever, amambrocha to, matandile dile dile,

J: Jajajaja. Me encanta la música cálcica, tan buena para el esqueleto. Ah, mon beau château! Ma tant', tire, lire, lire Yo sé que las belgas son las mejores.

L: En esa me pongo más o menos del lado del Samuel, con las cervezas, en especial la Leffe porque me recuerda un poco a la malta de cuando éramos fiñes. Aunque hay cada alemanota que hay que decir pichea mami, pichea.

T: Mis respetos para la Weihenstephaner Korbinian

E: Sí, la Leffe es muy buena. A nosotros nos gusta mucho la Leffe Royal y la Stella Artois.

S: La leffe royale, o westmalle tripple. Pinga Lestat, esto es telepatía...estoy pitchando ahora yo también. No hace falta mirarte a los ojos para saber que eres una fiera, hahaha

J: Bueno soy un inculto de la cerveza pero pronto voy a ir a visitarlos y a celebrar con cerveza belga que...

J: ya me dieron la nacionalidad española 😊

T: Abajo el camastro de Castro... y que la Virgen bendiga al abuelo gallego

L: Salut Eva, tout va bien? ¡Abajo! Y arriba Galicia. Juan, enhorabuena hermano.

J: Eso, y que de paso bendiga a Zapatero y a la Ley de la Memoria Histórica. Gracias, Salgo el próximo miércoles de París.

T: Stella es un granito de canela. K día cae el miércoles?

L: ¿La Korbinian esa está buena, T?

J: Miércoles trece

T: Mientras más me la chupas más me crece

S: en serio, un trago a vuestra salud, de vodka de grano

S: ruso del de verdad traído por una miga de Moscú

J: Comepinga, deja que te coja

T: Niet, tareco

S: Nu, pogodi! hahaha

E: Ça va, merci. ¿De dónde es esa Korbinian?

T: Yo me resingo en el bombo d la resingá d la madre del alemán k invento esta cerveza.. ALemana!!! Me desgració la vida, el paladar y el gaznate, no me puedo tomar otra cerveza sin ke me sepa a meao frío

J: Samuel, explícale esas frases de Tomás a Eva, aunque contigo estará entrená

S: macho, dices eso porque no has probado las de por aquí, que la barriga y la barba te crecen con solo olerlas, son patrimonio cultural de la humanidad

T: Pinga. Dame una lista para creer en ti.

S: lo suyo me ha costado traducirle algunas expresiones

T: La lista…rata inmunda

E: Pero "pinga" la conozco muy bien 😺

J: Jejeje, Samuel, qué le estás enseñando a esa niña!

S: mira Tomasito, aquí han mas de 800 marcas, todos lo pueblitos tiene su cerveza, si un día vienen acá los vamos a llevar a un lugar que puedes escoger entre más de 500 birras locales

E: Él me enseñado de todo 😊 y a deshora

J: Veo, veo, Eva, tienes un buen profe, amante de la cerveza además 😊

L: Goza, pelota.

S: La carne es débil

T: Asere, la lista. Dime una marca d lagartijo k sea gorda, negra y con espuma...

E: Y el deseo es fuerte

T: Cojones, ahora releo y parece ke hablo del tolete d un negro

E: Westmalle dubbel, te vas a venir

L: Gorda y negra te gustan, qué majasa la Tomasa.

T: ¿De dónde ser?

E: Ajajaja

J: Bacalo con pan y pan con morcilla

S: hahaha

T: Kmilo akí está el Che. Pregunté d dónde es la westmalle dubbell

E: ¿Qué piensas? De Bélgica por supuesto 😊

T: Oh, ok. La compro mañana.

E: Chimay Bleue es negra y gorda también. Para la espuma tienes que frotar un poco...

T: Ok

L: Cojone, ahora me han dado deseos de tomar cerveza y lo que tengo es un tinto español y un ron de Guyana,

L: que por cierto le da tres patadas al Habana Club

S: bienaventurados los que tienen ron en casa porque no tendrán que beber vodka soviético

S: (que por cierto esta empingao)

T: Asere, prueben la Weihenstephaner Korbinian si gustan de negras o Weihenstephaner Vitus si gustan de más claras.

S: y si eres guapo de verdad, Tommy, tómate 2 Duvel Moortgat al final

T: Y me las tomo, o se te olvida ke vengo entrenao del salpafuera? Ahí tomábamos un ron de 40 pesos, ron pintao, ke se llamaba popularmente te-espero-en-el-suelo. Y así todo, estaba más drinker-friendly kel bájate-el-blúmer aka chispa é tren d antaño

S: ya, ya ya, entrenao igual que venía yo de nuestro vino de plátano y terminé un día orinando en la puerta de una iglesia a 4 patas como un perro.

S: De milagro no me metieron preso.

E: ¿No tienes Havana Club por allá?

T: No, o al menos no lo he visto.

You added Marcos

J: Qué locura alcohólica. Lester, si el Marcos escribe por aquí te doy todas mis posesiones

T: Corre, corre. A llorar k se perdió el chupete y se partió la maruga

L: ¿Y eso por qué? ¿Jíbaro el muchacho? Aparece como conectado.

S: aquí venden bacardí y habana club pero caríííísimos y voy a mí que son bautizados en la fábrica

J: ¿Jíbaro? Jíbaro no es nada, cimarrón. Vamos a ver. MAARCOOOS

S: Jíbaro es, la última vez que hablé con él fue hace 2 años o algo así

T: Marcos pertenece a la secta d los nevoleanos del quinto planeta, k se comunican por telepatía.

J: cerrero el muchacho, en eso se parece a Lulo

T: Retomando el tema del ron, acere, nada como el Scotch Single Malt (como estoy tomando ahora). ¿Ké Lulo?

J: El que te partió el culo. Te cogí, cabrón.

T: Jaja, viento, viento, marcador 1-1

J: No os riais pero lo único que tengo es una 1664 ☺

S: y eso qué es? Un violín?

T: Oe, ké pinga es eso?

E: tenemos una sola tienda de scotch en la ciudad ☺

J: Una cerveza

S: ahhh, me entero ahora

E: ¿Kronenbourg 1664? ¿Estás bromeando, verdad? Esa es cerveza de señoritas alérgicas.

S: Qué orgulloso me tienes, mami. Grrr, te muerdo.

T: Ké es kronenbourg? Cerveza o whisky? O un barco? Me suena a barco... (¿A ké hora sale el kronenbourg mañana? Parece k el kronenbourg viene con retraso).

J: Pues no, Tomás, es una cerveza francesa, me gusta la Blanc. Ya sabes que no me gustan las cervezas amargas

S: Clarita, clarita, como dice Evita, de señorita. ¿Y Marco

118

dónde está? Dónde estás caballero boyardo, caballero aonde está Marco?

T: Okey, broder. A mí me gusta el lager turbio, oscurote.

J: Te dije que ese trabaja pa la KGB. Si aparece entrego mis posesiones todas.

T: Iscariote. Me gusta el laguer bien prieto y turbio, vivo, d ser posible con renacuajos. Sin colar. Artesanal! Madera. Espumaraje. Y pinga pa Joplajuco Barbatruco.

J: En serio ya, ¿cuándo fue la última vez que supieron de Marcos? En realidad me preocupa, lo digo en serio.

L: Pero Marcos era medio parecido en la isla ¿no? que se perdía semanas y semanas jugando Diablo, ajedrez y lo que fuera. Starcraft.

S: yo cuando estuve en España a ver al Johan, él llevaba un mes ahí y no le había dicho a nandiem

T: La última vez ke lo vi era un fiñe, quería aprender a bailar el trompo. y en el televisor estaban estrenando a Mazinger

J: No jodas, Tomás. Me pasó un feliz-cumpleaños hace dos días por aquí pero antes de eso creo que más de dos años sin noticias. Yo creo que lo tienen raptado con una pistola en la cabeza y amarrado en una habitación.

L: O está en una secta con voto de silencio digital.

J: No se me había ocurrido, pensaba más bien en raptos, abducciones alienígenas y esas cosas. O que le robaron la cuenta del FB

T: La secta se llama nevoleanos del 5to planeta, lo repito y no es matraca mía

L: ¿Esa no es la secta de ANHQV?

T: Ciro. Y el Brama Marcos fundó la corriente de los marquistas del séptimo camino. Asere, bromas aparte, tienen noticias d nuestro hermano Rober? Lo echo de menos un montón.

S: Pos sí que falta Robertico en el potaje

T: Me preocupa k se kede en Cubita la bella per saecula saeculorum

J: El Rob Roy de la Manguvia. De pinga. Voy al baño

S: creo que él florece allá. Mejor dicho, ya las flores echaron raíces y las raíces tocaron agua salá. Y alguien sabe algo de Justiniano el Salvaje?

T: el Salva justiciero! Como el chipojo, pasó por todas las facetas

L: Quizás con el Salva justamente podamos saber del Marco. Puede que tenga contactos en la secta. Y del Rober

T: Rokero, rasta, santero, adventista, satanista, teósofo, jinetero, bailarín, bolitero, pescador, alfarero, y a ke no saben la última del Salva? Y esto va en serio, pinga. El tipo es d la jugada! G-2...Seguridad del Estado...MININT

S: NOOOOOOOOOOOOOOOOO

T: SÍ, sí y Silvio. Cáiganse d culo. Vagarás errante por un mundo desconocido hasta el reino d Hades. Yo no lo kería creer

S: Y yo no te creo, asere

T: Te lo juro por la pura. Yo lo vi un par de veces, d chiripa, antes d irme, y estaba serio, raro...recóndito.

T: Después me enteré en lo k andaba, y la madre pa disculparlo me dijo, con la cara en el piso d vergüenza, k solo estaba trabajando en Criminalística

S: Ño, eso nunca lo pensé. En serio, asere, lo del Salvaje me duele ☹

T: Repito el juramento. K falta d estilo, Kmilo, terminar en la Seguridad. Negro y mierda es lo mismo

S: Vaya, yo no juzgo pero me duele... y el Marco no da señales

L: Pues yo sí juzgo y acuso ☹ J'accuse! Se me hunde un pedacito de sol bajo el mar cada vez que me entero de esos casos.

T: Me recuerda el dicho d ke en Cuba d cada 4 ke juegan dominó, 2 son d la jugada...

L: Coño, dos de cuatro está fuerte, que nosotros hemos jugado dominó juntos...

T: Jaaa. Yo creo k el Salva estaba infiltrao entre nosotros, para informar, y partirnos la pinga...

S: a mi casi me mandan preso a Canaleta por contar lo que pasó en las tetas de Managua

T: Me acuerdo d tu servicio militar, estabas pesando 15 libras y 5 eran de ceja y pestaña.

L: Pero tú eres muy parlanchín, Samu, ¿no recuerdas que casi contaste lo de la bandeja en el pre?

J: hubiera dado no sé qué por ver al Salvaje baloteando flamenco, pues es lo que bailaba, ¿no?

S: Ya, ya, no me regañes si me vas a pegar. La bandera en su lugar. Y no digan más "Salva" que se activan los filtros de la Seguridad

J: lo de la jugada ya lo sabía, me lo dijo Isabela, la ex novia, que está becada en Barcelona. MARCOS. Lo perdimos para siempre

S: repito, no critico pero me duele. Maaaarcoooosss

J: La vida es así, Samuel, sabrá Dios qué le propusieron a cambio

T: Oe, Marcos se convirtió en software o en el cortador d césped

S: hahaha

J: No borres la conversación, Lester. Me corto el huevo derecho que uno de estos días verán en esta ventanita el mensajito de "Visto por Robert y Marcos"

J: y no sabremos nada más

T: Bueno, pa por si lo leen... Robe, resucita hermano, ke estás perdío. Marcos, esto es para ti: keremos pasarte un antivirus pa ke vuelvas a ser tú...

S: Ya sé, ya sé, podríamos pedirle ayuda al César, aunque ese es una espada de doble filo... me metí a revisar su página web y los huevos se me encogieron unas 5 pulgadas, sin aguaje

L: Cambien el tema que el César se va a enterar y nos van a mandar a Guantánamo a todos

S: AQUÍ NO HAY MIEDO! (dijo el avestruz enterrando la cabeza en la arena)

J: Y allá nos encontramos con Marcos y el Rober de prisioneros y el Salva de custodio

L: Oh, reviso la web y veo, veo...pinga

T: Akí no hay miedo, yo nací orisha, y en el underground asere, y Yaima está pesando 7 libras con 9 onzas de flaca...

J: También me escribió por el cumple. Jejeje, estaba mirando el FB de Marcos y lo último que posteó fue en sept del 2015, una noticia de 60 mil antílopes que se murieron en Kazajstán en una semana, y nadie sabe por qué.

T: Oh, naturalista. Incluyendo el antílope dorado?

J: Yo llamé a Yaima por su cumpleaños

S: y qué cuenta Yaíma? tiene novio, esposo, hijos?

J: Un marinovio, que si Marcos es el cortador de césped, este otro sería el cortador de almácigo. Y dice Yaima que Alicia se mudó a Roma y que está pinchando allá en una biblioteca

S: entre los cortadores, el Salvaje y el César estamos fritos

L: Con lo buena que estaba Yaima en el pre, ¿verdad que sí, Samú?

L: Qué la Virgen nos proteja y Dios nos agarre confesados

J: Jejeje, voy a preparar un baño que tengo el cuerpo to cortao

T: Avanza, k yo también voy tumbando, entro a trabajar en una hora

L: Lo mismo con lo mismo, hermano. Hasta la próxima aventura, patrulla. Tremendo alegrón este rencuentro.

T: Yeah man. Contigo en la distancia, aché pa tolll mundo

S: pos nosotros nos retiramos tambén, ducha y camita que es super tarde aquí. abrazos a tos y encantado de haber compartido un rato y abrazo grande

J: Hasta pronto. OS AMO!

S: nos fuimos!

T: Hay ke trabajar, tiempo habrá d descansar. Me ducho o no antes?

J: No te bañes

T: Bueno compatriotas, hasta la victoria siempre. Ya nos veremos algún día. Creo k sí, tengo arenilla en el culo

E: Hasta la próxima y gracias por incluirme

L: Avec plaisir. Bonne nuit, Eva.

Seen by Marcos

XVI Orquesta vacía

Abre de negro:
Interior de aula con ventanas. Tarde-noche.
El Instructor, del lado bueno de la treintena, pelo castaño y largo atado en coleta, reloj pulsera, chaqueta oscura, camisa blanca y vaqueros ultramaro, zapatillas blanquinegras de corte bajo. Habla con acento dizque madrileño, dando pasitos frente a la clase.

—Para terminar con *La Celestina*, me gustaría volver al tema de los registros. Uno de los aspectos que os llamó la atención fue el vaivén entre las referencias cultas y el lenguaje popular de los personajes del tercer estamento, en particular de los criados masculinos y de Celestina misma.

Se detiene en la esquina derecha, atisba fugazmente el escote generoso de la alumna más cercana, cambia la vista, cruza los brazos y continúa hablando apoyado en la pared.

—Recordaréis que en la clase pasada analizamos la sugerencia de Valbuena: se trata de un recurso del autor para personificar la oposición del sensualismo y el ascetismo. También discutimos la crítica de Azorín: es un error de verosimilitud de un autor novato y alardoso. Asimismo repasamos la interpretación de Castro: es el complemento lingüístico a la yuxtaposición de la esfera ideal y el mundo material. También consideramos la propuesta de Rachel: es una estrategia autoral para dignificar la tragedia del estado llano y ridiculizar la farsa del primer estamento. Expusimos el asunto a votación y ganó Rachel. Bravo, otra victoria americana. Muy bien, ahora me gustaría saber si os resulta familiar esa idea de la repetición de la tragedia que deviene farsa. ¿Isabela?

Isabela, veintisiete años, ojos entornados, tez ambarina y sonrisa confiada.

—La idea aparece implícita en el título mismo de la obra en la versión aumentada de 1502, *Tragicomedia de Calisto y Melibea*, aunque su tratamiento ideológico es posterior y marxista. Según Hegel los grandes eventos históricos tienden a ocurrir dos veces. Y según Marx la primera vez toman forma de tragedia y la segunda vez se transforman en comedia o en farsa.

—Muy bien, Isabela. Ahora levanten la mano los que conozcan esa doble frase de Hegel y Marx.

Veintisiete brazos ascienden.

—Qué maravilla compartir con esta juventud tan culta y sofisticada. Ahora dejen la mano en alto quienes puedan decirme la procedencia original de la cita. ¿Dónde aparece?

Veintisiete brazos quedan.

—La pregunta es ¿en qué textos de Marx y Hegel?

Veintisiete brazos descienden.

—Vale. Ahora levanten la mano quienes la conocen de

algún video en *YouTube*, quizás en boca de un Slavoj Žižek.

Nueve brazos ascienden.

—Y ahora que levanten la mano quienes la conocen de alguna serie o película, quizás *Enemy* de Villeneuve.

Catorce brazos ascienden.

—Umm. Habría jurado que ganaría Žižek. *Even better.* Podéis bajar las manos. Usemos la película de Denis Villeneuve para recordarla y veamos una escena con el guapo Jake Gyllenhaal enseñando Historia. Marcel, ¿podrías atenuar un poco la luz? Perfecto así.

Baja la iluminación, comienzan a proyectarse las imágenes en la pantalla frente a la clase. El Instructor observa el reloj y de reojo el escote generoso.

Last class, we talked about dictatorships, so today we'll start with Hegel. Uh... it was Hegel who said that all the great...greatest world events happen twice, and then Karl Marx added: the first time it was a tragedy; the second time it was a farce. It's, uh, strange to think, uh... Yeah, a lot of the world's thinkers are worried that... that this century will be a... a repetition of the last one.

Se detiene la proyección y reaparece la pantalla blanca.

—Vale, dejémoslo ahí. Por favor, Marcel, sube la luz. Muy bien, gracias. ¿Comprendéis adónde voy con esto? Conocéis la frase y podéis parafrasearla e incluirla en vuestros argumentos sin conocer la fuente original. Si considerásemos solamente la primera ronda, podríamos suponer que habéis leído al menos el principio de

El dieciocho de Brumario de Luis Bonaparte, el texto donde aparece la cita de Marx. Veámosla en pantalla. Luego aclaramos, sin embargo, que vuestro conocimiento de Marx proviene de fuentes secundarias y extratextuales. Dicho sea de paso, eso no es un pecado ni esto es un reproche.

Isabela sacude levemente la cabeza. El Instructor continúa impasible.

—Esta demostración quizás podamos aplicarla a la obra. ¿No podría ser que los personajes celestinescos, analfabetos como probablemente sean, también conozcan al Filósofo, a Heráclito, a Séneca, a Virgilio y demás compañía grecolatina de segunda mano? Pensad, ¿acaso no sería posible que absorbieran las referencias en sermones, retablos y conversaciones? ¿Por qué es tan inverosímil el acceso a, y la incorporación de, una cultura general y fragmentaria que prescinde del texto, que restringe la lectura? Sí, Teddy.

Teddy, diecinueve años, tez blancuzca, espejuelos de armadura gruesa y fino lente.

—Porque en ciertas ocasiones los personajes indican las citas específicas. *I mean,* Sempronio sabe la *Física* de Aristóteles de corazón.

—Decimos saber de memoria, Ted, no de corazón. Y la memoria no es tan infalible, como veremos. Buena observación, no obstante. Vayamos al texto. Primer acto... página ochenta y seis, y pregunta Sempronio: "¿No has leído al filósofo do dice: Así como la materia apetece a la forma, así la mujer al **varón**?" A pie de página encontramos la nota señalando que la cita proviene de Aristóteles, *Física* 1, 9. Como podéis ver, la declaración bibliográfica no pertenece al texto autoral sino al paratexto contemporáneo de esta edición, que también es problemático. La pregunta de Sempronio sugiere que él sí ha leído al filósofo, mas no aclara el do, el donde, la procedencia de la cita, quizás porque la olvida, quizás porque no importa, y quizás porque es incorrecta. La *sententia* aristotélica en *Física* (de hecho, se trata de una referencia al *Timeo* platónico que repite en *Reproducción*) plantea que la forma desea *ser* materia como la mujer desea *ser* **varón** y lo feo desea *ser* bello, planteamientos, dicho sea de paso, que este humilde instructor no suscribe.

Sin dejar de hablar, camina hasta la mesa del frente y se sienta en el borde.

—Nuestro amigo Sempronio transmuta la misoginia aristotélica en argumentación filosófica del apetito sexual de Melibea: al ser mujer, es un ser imperfecto que desea y apetece fornicar con el hombre, en este caso Calisto. Bajad las manos y dejad la justísima indignación feminista para la próxima clase, que nos queda poco tiempo. Estos mecanismos de la ficción son un reflejo fiel de la realidad. Marx hace lo mismo con la cita de Hegel. Leámosla en traducción. Chloe, ¿podrías leerla en voz alta para toda la clase, por favor?

Chloe, dieciocho años, ojos verdes, pelirroja, leve acento irlandés.

—¡*Ahem, ahem*! "Hegel dice en alguna parte que todos los grandes hechos y personajes de la historia universal aparecen, como si dijéramos, dos veces. Pero se olvidó de agregar: una vez como tragedia y la otra como farsa".

129

—Muchas gracias, Chloe. Como veis, Marx tampoco declara el do de la cita. Esta ausencia de la fuente original puede explicarse mediante el mismo trío de razones celestinescas: olvido textual, insignificancia retórica y manipulación discursiva. Dígase, en un lugar de la obra de Hegel de cuyo nombre Marx no quiere acordarse, existe un pasaje que plantea la doble repetición de grandes hechos y personajes históricos. El problema es que el lugar se llama Utopía, el no-lugar. No hay tal lugar en la obra de Hegel. Es una cita apócrifa. Así pues, ¿de dónde sacó Marx la cita? ¿De *YouTube*? ¿De una peli?

El Instructor levanta los hombros y las palmas.

—En realidad, al igual que Sempronio, Marx utiliza una...

Mientras Chloe leía, la puerta del fondo se había abierto y silenciosamente había entrado un Profesor, sesenta años, tez apergaminada, traje y corbata. El Profesor avanza por el pasillo central hacia el estrado. El Instructor se levanta de la mesa y concluye.

—Bueno, se acabó el tiempo. Seguimos el lunes. No olvidéis leer el Tratado primero y segundo del *Lazarillo de Tormes*. También os recuerdo que el ensayo sobre *El conde Lucanor* es para el miércoles. Venga, buen fin de semana.

El Instructor recoge apresuradamente sus papeles de la mesa. El Profesor lo aborda con gesto enfadado. Cruzan unas palabras inaudibles. La clase se marcha en torrente, excepto algunas alumnas que esperan al Instructor a una distancia equidistante entre el respeto y la curiosidad. Un nuevo grupo comienza a entrar por el fondo.

Funde a blanco:

Exterior citadino y céntrico. Noche.

El Instructor, pelo suelto, habla con un acento diferente, caribeño, caminando junto a Akira. Akira, ronda la treintena, rasgos nipones y mediterráneos, fibroso, pelo negro y lacio, suéter remangado, antebrazos tatuados, zapatillas de patineta.

—¿Recuérdame por qué vamos al Santo Suplicio?
—Porque a veces nos gusta sentirnos adolescentes… porque Thea quiere cantar y el karaoke es gratis.
—He tenido suficiente contacto adolescente por hoy. Vamos a un lugar más tranquilo. Si el nene caprichoso quiere cantar podemos ir al Bestiario.
—Demasiado lejos.

Akira se detiene.

—Además, prefiero que te refieras a ella en femenino, y ella prefiere que la llames Thea. ¿Por qué me obligas a repetirlo cada semana?
—Lo siento, no pasa de nuevo. ¿Y si vamos al *K-9*?
—Lejos y muy caro. ¿Te conviene el *Trois Minots*?

Se detienen en una esquina.

—Demasiado cerca del campus. ¿Quieres un toque ahora? François dice que apenas está cortada.
—Más tarde. Tú que tanto sabes, ¿acaso sabes lo que significa *karaoke*?
—Cara ocre, el titirijí de cara ocre, un pajarito sudamericano de canto desafinado.
—No empieces. ¿Sabes o no sabes?
—No sé.
—Es un *portmanteau* japonés, una palabra compuesta

131

por *kara*, que significa ausente, hueco, vacío, y *ōkesu-tora*, que significa orquesta.

—Umm, orquesta vacía de caras ocres.

—*Kara* también forma *karappo*, que figurativamente vendría a ser cabeza hueca o corazón ausente, depende del contexto.

—Orquesta ausente de caras de trapo.

—Te ilustro con un buen ejemplo, de una chica muy bonita pero muy tonta podría decirse que ella es *karappo*. De un chico muy listo pero muy insensible podría decirse que él es *karappo*. Repito, no es literal, depende del contexto.

—Qué cliché tan machista. Orquesta con lenguas de trapo. Por ahí viene Te...a.

Aparece Thea, menos de veinte años, ojazos de manga, lentillas azules, peluca de cerquillo rubio, tez muy pálida, camiseta larga, falda corta, pantimedias estrelladas, tacones cercanos, zarcillo dorado en naricita celestial, lunarcito pintado en la mejilla.

—¿Quihubo, mis amores? Hermosa noche para cantar karaoke.

Abrazos y besos dobles.

—¿Listos para el Suplicio?

—¿No te apetece ir a un sitio menos populoso?

—Pensé que nos gustaba perdernos en el bullicio de la multitud.

—En general, sí. Esta noche, no. Conozco una taberna triple B, se llama *La Remise*.

—La rebaja buena, bonita y barata. Ok. *Avanti* amores.

Corta a:

Interior de taberna. Penumbra.

Akira y el Instructor sentados en una esquina, un espacio desocupado entrambos, botella de vino y tres copas sobre la mesa. Miran hipnotizados al Mastodonte que brama profundo, micrófono en mano, *Moi... Lolita* por Alizée frente a la pantalla del karaoke, oscilando levemente al ritmo. Mastodonte, unos cuarenta y tres años, imponente, cabeza rapada, pecho y barriga de barril, cuello tatuado, anillo de calavera, sudadera con demonios, cadena prendida a la trabilla.

—*Moi je m'appelle Lolita* ♪ / *Lo ou bien Lola/ du pareil au meme* ♫

Entra Thea en el plano y se sienta en el centro. Los tres contemplan al Mastodonte hasta el final de la interpretación. Aplauden fuerte y Thea propone un brindis.

—Por Lolita. Only in Montreal.
—Salud.
—*Kanpai*. ¿Qué vas a cantar, tesoro?
—*Like a Virgin* de Madonna. No debe demorar. Solo tengo tres personas delante.
—¿Has visto *Reservoir Dogs* de Tarantino?

Akira codea furtivamente al Instructor sin Thea notarlo.

—No. ¿Está buena? La que vi anoche fue *Frank* con Michael Fassbender. Qué manera de estar bueno ese hombre.
—¿Y te gustó? La peli, quiero decir. ¿Qué te pareció el final?
—Oh, adorable. Lloré un poquito con la canción. Esa también da ganitas.

Al micrófono una Grand-maman niega arrepentirse de *rien de rien* ♪/ *non, je ne regrette rien*. Grand-maman, los ojos

cerrados, setentona, blanca en canas, vestido negro, crucifijo plateado.

—¿Por qué lloraste?
—Al final se reúnen todos y el pelirrojo comprende
que no están destinados al éxito comercial, o al elogio
crítico siquiera. Que son más un círculo de terapia grupal, algo así como un grupo de Artistas Anónimos, que
una banda de música. No es el arte por el arte sino el
arte como baluarte. Por eso el pelirrojo se marcha y los
miembros originales siguen tocando para ellos mismos.
Por eso llorisqueé un tin, gotitas de alegría y esperanza,
se entiende.

El Instructor sacude la cabeza.

—¿Quihubo, capullito de alelí? ¿No entendí el final?
—No, quiero decir, sí. Por supuesto que lo entendiste,
a la medida de tu horizonte de comprensión. Es natural
que un… ser como tú lo interprete así. *No offense.*
—No offense taken, honey.
—¿Qué coño significa eso de "un ser como" ella?

Akira marca las comillas en el aire con los dedos.

—Disculpen si sonó a injuria, pero no era la intención.
Quise decir un ser optimista, post-materialista, optima-
lista si prefieren. De hecho, creo que tu interpretación
es la más frecuente y extendida.
—Entonces es la interpretación correcta.
—Probablemente, aunque no creo que exista solo una
forma de leerla.
—¿Cuál es la tuya?

El Instructor toma un sorbo de vino antes de hablar.

—En resumen: la película es un comentario de las posibilidades del arte frente al mercado. Jon, el pelirrojo, es un agente inconsciente de la industria cultural. Y el final es otra victoria de la ley de la oferta y la demanda.

El Instructor levanta los hombros y las palmas, repitiendo el gesto del aula.

—Eso no tiene sentido alguno. Frank compone música experimental. Al final están tocando en un bar de mala muerte y nadie los aplaude, nadie escucha.

—Nosotros los escuchamos, los espectadores, que aplaudimos el performance y algunos hasta lloran. Las personas en el bar son actores, nosotros somos el verdadero público. Dime, ¿recuerdas alguna canción que no sea la última?

—No, son menos pegajosas. Solo me acuerdo de *I love you all*.

—Exacto. Incluso la que Frank llama *his most likeable song ever* es una bomba disonante. La única canción que tú, yo y todo el mundo recuerda es la última, la melódica, la pegajosa, la que repite un estribillo, la que cambia el *I love your Wall* por *I love you all*. El pelirrojo sin talento musical, sin trauma emocional, se marcha con su MacLibro y su Twíttere porque comprende que ha cumplido su misión. Ha convertido un círculo de terapia grupal, como bien dices, en una banda con perfil comercial.

Thea niega con los ojos muy abiertos.

—Nooo. No.

—Sí. Hay otra canción que deberías recordar, la que tocan en El Madrid, el bar, justo antes de que llegue Frank sin la cabezota de papier-mâché, aliviado de la fobia. Es una versión de *I Want to Marry a Lighthouse*

Keeper, de Erika Eigen, la misma canción que suena en *La naranja mecánica* cuando Alex DeLarge regresa a casa, tras ser domesticado por el Ministerio del Interior con la combinación de música e imagen del método Ludovico. Alex sale de una entidad que cambia sus inclinaciones naturales y regresa al hogar paterno; Frank realiza el tránsito opuesto, del hogar a la entidad. ¿Te parece coincidencia que la banda esté tocando precisamente esa canción cuando Frank entra en el bar?

—No he visto *La naranja mecánica* pero... no estoy de acuerdo...

Akira interrumpe con el ceño fruncido.

—Yo la he visto y tampoco estoy de acuerdo, Según tu interpretación, el arte es incompatible con el mercado, peor aún, forzosamente deviene entretenimiento con la socialización.

—Sin duda, pero eso no es necesariamente negativo. La creación no debería sublimarse tanto, como si fuera un acercamiento a la divinidad. La principal función de una obra de arte es potenciar la relectura de una realidad que la cotidianidad torna iterativa. Por supuesto, el arte mismo deviene iterativo tras...

Thea interrumpe con una sonrisa coqueta.

—No, la principal función de una obra de arte es otra, riachuelo intranquilo.

—¿Cuál?

—Te digo cuando regrese del tocador.

Transición

Corredor. Thea tira del picaporte. No cede.

Corta a:

Interior de váter. Penumbra.

Mastodonte parado frente al urinario, manota izquierda apoyada en la pared grafiteada, derecha en la entrepierna. Thea titubea en el umbral.

—*Qu'est-ce que tu cherches ici, p'tite fille?*
—None of your business.

Thea se coloca frente al otro urinario, sube la falda, bajan las bragas, arquea la espalda y se escucha un chorrito. El Mastodonte se ladea amenazante.

—Ar yu one off thous, *comment est-ce qu'on dit*, Transformers, *pardon*, Transgrexuals?

Corta a:

Interior de taberna. Penumbra.
Akira y el Instructor en el espacio anterior. Otra botella y otra copa sobre la mesa. Justo a la izquierda del Instructor. Justo, negrísimo, alto y atlético, cortas trenzas rasta, chaqueta de cuero con banda roja, botas militares. Entra Thea en el plano, ruborizada, ocupa su puesto.

—¿Todo bien? ¿Algún problema? Demoraste bastante.
—No, sí, sí, todo bien. El tocador estaba ocupado y tuve que esperar.

El Instructor hace la presentación.

—Justo, un amigo cubano recién llegado, Thea, una amiga que va a revelarnos para qué sirve el arte.
—Un placer. Justo Gálvez para servirle, señorita. Justo de nombre, espíritu y corazón.
—Encantada. Thea Incendiaria a tu disposición.
—¿Ese es su nombre de verdad?
—No, es mera provocación. Me llamo Thea Dorno.
—Dorno, me gusta ese apellido, ¿es italiano? Nunca lo

había escuchado. ¿Y para qué sirve el arte?

—Mejor demuestro, que es mi turno.

Thea se levanta y avanza hacia el DJ. Se inclina y le susurra palabras inaudibles al oído. Comienza a escucharse la distorsión de guitarra eléctrica de *Like a Prayer*. Thea empuña el micrófono dando la espalda a la pantalla. Lanza un beso a la mesa amiga y clava la vista en otra mesa del fondo. Suena el portazo. Thea canta:

—Life is a mystery/ Everyone must stand alone

Akira y el Instructor cruzan miradas. Justo bebe un sorbo de vino.

—When you call my name it's like a little prayer/ I'm down on my knees

Thea mueve las caderas a cadencia. Se aproxima a la mesa con los ojos brillosos, besa Akira en la mejilla, guiña el ojo al Instructor que alza la copa. Justo sonríe.

—I have no choice, I hear your voice/ Feels like flying

Thea flota hasta quedar frente a la otra mesa, donde la contemplan con sorna el Mastodonte, un Bisonte con pinta de rockero rococó y un horrible Grizzly cano.

—Oh God I think I'm falling/ Out of the sky, I close my eyes/ Heaven help me

Thea gargajea y proyecta un disparo de flema sanguinolenta a la cara del Mastodonte. El Mastodonte se levanta empujando la mesa y le pega una bofetada que la derriba. Akira y el Instructor saltan y van a por él, el Bisonte y el Grizzly los interceptan y comienzan a forcejear. La pista de música sin palabras sigue sonando. El Mastodonte la patea en el suelo. Ella gime. El Mastodonte la escupe [plano contrapicado]. Entra Justo en el encuadre apartándolo de un empujón [plano americano]. El Mastodonte recobra el equilibrio y lo contempla un instante antes de bramar:

—*Tasse-toi, sauvage!*

Justo enseña la dentadura perfecta. El Mastodonte avanza y lanza un directo de derecha a la cara. Justo se inclina a su derecha, esquiva el golpe, desplaza el peso y saca un gancho ascendente desde la cadera [¿breve cámara lenta?] que conecta al mentón del rival. El Mastodonte se tambalea con ojos desorbitados y cae de espaldas, golpeándose la nuca en el canto de la mesa. El cuarteto en pugna deja de forcejear. Justo ayuda a Thea a levantarse. El Bisonte y el Grizzly asisten al Mastodonte caído, intentan reanimarlo dándole palmaditas en el rostro. Para la pista de música sin palabras. Movimiento en la barra. El Instructor habla, pelo revuelto, camisa deshecha, mirada temerosa.

—Vámonos pal carajo.

Akira arroja unos billetes a la mesa y salen apresurados del bar.

Transición

Exterior citadino. Noche.

Akira y Thea marchan delante, abrazados, silenciosos. El Instructor y Justo caminan juntos. El Instructor murmura levantando las manos. Justo asiente levemente. Diálogo inaudible. Ruidos citadinos. Suenan doce campanadas.

Funde a negro.

139

Esta página ha sido intencionalmente dejada en blanco,
aun cuando al decirlo deje de estarlo.

Nota del escribiente

Redacté los *Oscuros **varones** de Cuba* entre la primera semana de septiembre y la última de noviembre. Del plazo escapan fragmentos orales del latinoamericanistmo.

Recuerdo el momento exacto de la primera palabra. En una mañana de domingo Martine dijo cuánto le angustiaba su próximo cumpleaños. Pasa tan rápido el tiempo y nada teníamos, además del uno al otro. ¿Y hasta cuándo? Yo, que recién despertaba tan tranquilo, sentí muy agobiante y prematura la angustia. A mí esas punzadas me dan los fines de año y las emboto con abundante alcohol. Para calmar el malestar ella, que menudea las artes plásticas, decidió montar y exhibir *Post Perditio*, una instalación en homenaje a nuestros muertos. Para no ser menos, creo, yo decidí escribir y publicar este libro. De pie, preparé café, calenté leche y empecé a teclear lo que una semana y dos días más tarde sería "La apariencia del espejo". Qué cosas hacemos por amor propio y ajeno.

En honor a la verdad, hija de quien sabemos, Jesús ya había sembrado una semilla en agosto. Hablábamos de mi futuro profesional, incierto con los recortes y regateos en las universidades, y me contó una parábola que interpreté como sugerencia a probar suerte en la ficción mientras buscaba trabajo en la educación. Respondí que había escrito un par de poemas para impresionar beldades, quince años atrás, y que pronto había cambiado la poesía por la guitarra, a mi juicio más efectiva para el ligue juvenil.

141

Nunca había considerado escribir ficción, sea lo sea eso. Siempre he querido enseñar historia. Vaciamos la botella, y calabaza, calabaza.

El lunes me pasó por la cabeza dejar este proyecto y probar con *Claras hembras de Cuba*, otra vez dándole vuelta a *Claros **varones** de Castilla*, de Hernando del Pulgar. Dos páginas me tomó comprender la inmensa dificultad de la empresa y regresar a los *Oscuros **varones***. Quizás un día las intente de nuevo. Al principio seleccioné el modelo de las biografías breves en la tradición de *Vidas paralelas*, de donde mi madre sacó mi nombre, *Vidas de los doce césares*, preferido de mi padre, ***Varones** ilustres*, que termina con el propio Jerónimo, *Historia universal de la infamia*, el primer libro que leí de Borges, *La sinagoga de los iconoclastas*, y *La literatura nazi en América*.

Como uno propone y algo más dispone, sin quererlo me fui apartando del modelo. De la planeada "Vida del obispo Morell de Santa Cruz" salió "La pelea contra los demonios", la "Vida del ingenuo Eugenio de Arriaza" dio paso a "Los quijotistas", la "Muerte de Manuel Fernández Supervielle" se transformó en la "Fábula sumaria", e igual pasó con los otros. La excepción que confirma la regla es *"Révolutionnaire"*, cuyo origen son los *Excercises de style*, de Raymond Queneau. A medio camino capté que terminaría con esto, un libro que quiere ser colección de cuentos y noveleta de historias a la vez. Atribuyo la deriva a otra tradición no menos fecunda, los textos que intentan un relato coherente y cohesivo en una sucesión de historias.

Supongo que acción discreta y prudente, al gusto del lector que llegó tan lejos, sería mencionar más influencias ilustres como las *Mil y una noches*, el *Decamerón* y los *Cuentos de Canterbury*, pero apenas recuerdo esos libros. Más frescos tengo los *Cuentos de Odesa*, recomendado por Samuel, *This Is How You Lose Her*, regalo de Alicia, la *Trilogía sucia de La Habana*, regalo de Isabela, *Después de la gaviota*, olvidado por Agustín, y *Revenge*, traducido así del japonés si bien

Yoko, madre de Akira y Soran, me dice que más correcto sería llamarlo *El cadáver silencioso de un funeral indecente*. Ella sabrá.

Leyendo lo cual, después de pelotear su condición neohegeliana, Francisco comentó la mayoría de los textos y corrigió una parte de los argentinismos. Marcos me convenció de modificar el final de "Ritual de paso". Yaíma quiso cambiarse el nombre y la complací. A tono con las efemérides, Tomás propuso agregar un texto que glosara "Los funerales de la Mamá Grande" y, aunque era buena idea, no le hice caso. Juan señaló la densidad desquiciante del "Diario del prologuista" y, en lugar de aligerarlo, decidí sacarlo de la lista.

¿Qué más podría decir sin mentir? Las citas textuales corresponden fielmente a las fuentes señaladas. La reunión virtual de amigos es casi de copia y pega. En los diálogos prefiero no colocar los signos de puntuación tras la raya. Erratas por doquier. Me divertí mucho escribiendo estas páginas. Ahora viene la parte menos divertida. Hará dos semanas que Martine terminó la instalación y anda en busca de galería que la exhiba. Hace una semana empezó a nevar. Hoy me emborracharé mirando fotos que parecen tan viejas sin serlo. Mañana será otro día.

Montreal, 26 de noviembre, 2016

ÍNDICE

I Apariencia del espejo.............7

II La pelea contra los demonios.............15

III Los quijotistas.............27

IV Fábula sumaria del alcalde Supervielle.............40

V Rendición de cuentas.............42

VI *Révolutionnaire*.............50

VII Ritual de paso.............52

VIII La estupidez de los troyanos.............63

IX Continuidad de la biblioteca.............71

X ¿Qué es el Latinoamericanismo?.............79

XI El último mazorquero.............88

XII Requiem cubaniche.............100

XIV El fusilado.............106

XV Reunión en Féisbuk.............112

XVI Orquesta vacía.............125

Nota del escribiente.............141

66063237R00089

Made in the USA
Lexington, KY
03 August 2017